游戏人间

梁实秋 著

天津出版传媒集团

天津人民出版社

图书在版编目（CIP）数据

游戏人间 / 梁实秋著 . -- 天津 : 天津人民出版社，
2020.7（2022.10 重印）

ISBN 978-7-201-16026-9

Ⅰ.①游… Ⅱ.①梁… Ⅲ.①散文集 – 中国 – 现代
Ⅳ.① I266

中国版本图书馆 CIP 数据核字 (2020) 第 097868 号

游 戏 人 间
YOUXI RENJIAN

梁实秋　著

出　　版　天津人民出版社
出 版 人　刘　庆
地　　址　天津市和平区西康路 35 号康岳大厦
邮政编码　300051
邮购电话　（022）23332469
电子信箱　reader@tjrmcbs.com

责任编辑　玮丽斯
监　　制　黄 利 万 夏
特约编辑　曹莉丽
营销支持　曹莉丽
装帧设计　紫图图书 ZITO®

制版印刷　艺堂印刷（天津）有限公司
经　　销　新华书店
开　　本　880 毫米 ×1230 毫米　1/32
印　　张　8.25
字　　数　150 千字
版次印次　2020 年 7 月第 1 版　2022 年 10 月第 2 次印刷
定　　价　55.00 元

"雅舍"非我所有，我仅是房客之一。
但思"天地者万物之逆旅"，人生本来如寄，
我住"雅舍"一日，"雅舍"即一日为我所有。

人辛勤困苦地工作，所为何来？
夙兴夜寐，胼手胝足，
如果纯是为了温饱，像蚂蚁蜜蜂一样，
那又何贵乎做人？

人生即是一串痛苦所构成。
能避免一分的苦痛，
即是一分的幸福。

我不愿送人，亦不愿人送我。
对于自己真正舍不得离开的人，
离别的那一刹那像是开刀。

梁实秋（1903.1.6—1987.11.3），原名梁治华，字实秋，浙江杭县（今杭州）人，生于北京。现当代著名散文家、学者、文学批评家、翻译家。

梁实秋于1915年考入清华学校，1920年在《清华周刊》发表第一篇翻译小说《药商的妻》，后留学美国，归国后任教于多所高校：1930年担任山东大学外文系主任兼图书馆长；1934年任北京大学研究教授兼外文系主任；后又在北平师大和台湾师范学院先后任英语系教授。

梁实秋的散文简洁有力、涵盖面广、对社会生活有自己独到的见解；除此之外，他的作品中经常引用古文、古诗词，阅读面之广、笔力之深厚非常人能及。在文学主张上，他坚持"文学无阶级"的观点，要求思想自由，文学应与政治分离，但从文学主体上来说，他认为文学是天才的创造。

除作家身份外，梁实秋还是一名翻译家。他曾经说过："从事翻译工作的几个主要条件是，一没有才气，二没有学问，三要寿命长。"他用了几十年时间翻译完莎士比亚全集，梁实秋是海内外迄今独自把莎士比亚全集翻译成中文的唯一一人。

本书选取梁实秋散文中，最贴近日常生活的佳作。

写闲暇，从饮酒、喝茶、下棋写到听戏；也爱大自然，观雪、赏花一样不落。

写饮食，从历史出处、风土人情写到具体做法。

写人世间最动人的情，怀念、离别、敬佩等真情实感从一件件小事中迸发出来。

写独处的时光，写最真实的情绪，大千世界里有的都能从文中读出来。

需要指出的是，文中个别字词句和标点的用法与当代白话文的通行规范不一致，这是早期白话文的语言习惯；另有部分称谓已经过时，为尊重原著和保留作者本来文字的语言风格，编者没有一一更改，但均已在文中进行注释。

目录

第 **1** 章

人在有闲的时候，
才最像是一个人

人类最高理想应该是人人能有闲暇，
于必须的工作之余还能有闲暇去做人，
有闲暇去做人的工作，去享受人的生活。

3

第 **2** 章

愿你老来无事饱加餐

美味当前，固然馋涎欲滴，
即使闲来无事，馋虫亦在咽喉中抓挠，
迫切地需要一点什么以膏馋吻。

第 3 章

你来，无论多大风多大雨，我要去接你

我不愿送人，亦不愿人送我。
对于自己真正舍不得离开的人，
离别的那一刹那像是开刀。

第 **4** 章

寂寞是一种清福

在这寂寞中我意识到了我自己的存在——
片刻的孤立的存在。
这种境界并不太易得，与环境有关，但更与心境有关。

1

第 1 章

人在有闲的
时候，才最像是一个人

人类最高理想应该是人人能有闲暇，于
必须的工作之余还能有闲暇去做人，有闲暇
去做人的工作，去享受人的生活。

闲　暇

　　英国十八世纪的笛福，以《鲁滨孙漂流记》一书闻名于世，其实他写小说是在近六十岁才开始的，他以前的几十年写作差不多全是以新闻记者的身份所写的散文。最早的一本书一六九七年刊行的《设计杂谈》是一部逸趣横生的奇书，我现在不预备介绍此书的内容，我只要引其中的一句话："人乃是上帝所创造的最不善于谋生的动物。没有别的一种动物曾经饿死过，外界的大自然给它们预备了衣与食；内心的自然本性给它们安设了一种本能，永远会指导它们设法谋取衣食。但是人必须工作，否则就要挨饿；必须做奴役，否则就得死。他固然是有理性指导他，很少人服从理性指导而沦于这样不幸的状态；但是一个人年轻时犯了错误，以致后来颠沛困苦，没有钱，没有朋友，没有健康，他只好死于沟壑，或是死于一个更恶劣的地方——医院。"这一段话，不可以就表面字义上去了解，须知笛福是一位"反语"大师，他惯说反话。人为万物之灵，谁不知道？事实上在自然界里一大批一大批饿死的是禽兽，不是人。人要适合于理性的生活，要改善生活状态，所以才要工作。笛福本人是工作极为勤奋的人，他办刊物、写文章、做生意，从军又服官，一生忙个不停。就是在这本《设计杂谈》里，他也提出了许多高瞻远瞩的计划，像预言一般后来都实现了。

人辛勤困苦地工作，所为何来？夙兴夜寐，胼手胝足，如果纯是为了温饱，像蚂蚁蜜蜂一样，那又何贵乎做人？想起罗马皇帝玛可斯·奥瑞利阿斯①的一段话。

在天亮的时候，如果你懒得起床，要随时作如是想："我要起来，去做一个人的工作。"我生来就是为了做那工作的，我来到世间就是为了做那工作的，

---

① 玛可斯·奥瑞利阿斯：现译作马可·奥勒留（121—180），古罗马皇帝，哲学家，有《沉思录》留世。梁实秋曾于1958年翻译《沉思录》，此为其最早也较为经典的中译本。

那么现在就去做那工作又有什么可怨的呢？我既是为了这工作而生的，那么我应该蜷卧在被窝里取暖吗？"被窝里较为舒适呀。"那么你是生来为了享乐的吗？简言之，我且问汝，你是被动的还是主动的要有所作为？试想每一个小的植物，每一小鸟、蚂蚁、蜘蛛、蜜蜂，它们是如何地勤于操作，如何地克尽厥职，以组成一个有秩序的宇宙。那么你可以拒绝去做一个人的工作吗？自然命令你做的事还不赶快地去做吗？"但是一些休息也是必要的呀。"这我不否认。但是根据自然之道，这也要有个限制，犹如饮食一般。你已经超过限制了，你已经超过足够的限量了。但是讲到工作你却不如此了，多做一点你也不肯。

这一段策励自己勉力工作的话，足以发人深省，其中"以组成一个有秩序的宇宙"一语至堪玩味，使我们不能不想起古罗马的文明秩序是建立在奴隶制度之上的。有劳苦的大众在那里辛勤地操作，解决了大家的生活问题，然后少数的上层社会人士才有闲暇去做"人的工作"。大多数人是蚂蚁、蜜蜂，少数人是人。做"人的工作"需要有闲暇。所谓闲暇，不是饱食终日无所用心之谓，是免于蚂蚁、蜜蜂般的工作之谓。养尊处优，嬉邀惰慢，那是蚂蚁、蜜蜂之不如，还能算人！靠了逢迎当道，甚至为虎作伥，而猎取一官半职或是分享一些残羹冷炙，那是帮闲或是帮凶，都不是人的工作。奥瑞利阿斯推崇工作之必要，话是不错，但勤于操作亦应有个限度，不能像蚂蚁、蜜蜂那样地工作。劳动是必需的，但劳动不应该是终极的目标。而且劳动亦不应该由一部分负担而令另一部分坐享其成果。

人类最高理想应该是人人能有闲暇，于必须的工作之余还能有闲暇去做人，有闲暇去做人的工作，去享受人的生活。我们应该希望人人都能属于"有闲阶级"。有闲阶级如能普及于全人类，那便不复是罪恶。人在有闲的时候才最像是一个人。手脚相当闲，头脑才能相当地忙起来。我们并不向往六朝人那样萧然若神仙的样子，我们却企盼人人都能有闲去发展他的智慧与才能。

雅　舍

　　到四川来，觉得此地人建造房屋最是经济。火烧过的砖，常常用来做柱子，孤零零地砌起四根砖柱，上面盖上一个木头架子，看上去瘦骨嶙嶙，单薄得可怜；但是顶上铺了瓦，四面编了竹篦墙，墙上敷了泥灰，远远地看过去，没有人能说不像是座房子。我现在住的"雅舍"正是这样一座典型的房子。不消说，这房子有砖柱，有竹篦墙，一切特点都应有尽有。讲到住房，我的经验不算少，什么"上支下摘""前廊后厦""一楼一底""三上三下""亭子间""茅草棚""琼楼玉宇"和"摩天大厦"等各式各样，我都尝试过。我不论住在哪里，只要住得稍久，对那房子便发生感情，非不得已我还舍不得搬。这"雅舍"，我初来时仅求其能蔽风雨，并不敢存奢望，现在住了两个多月，我的好感油然而生。虽然我已渐渐感觉它是并不能蔽风雨，因为有窗而无玻璃，风来则洞若凉亭，有瓦而空隙不少，雨来则渗如滴漏。纵然不能蔽风雨，"雅舍"还是自有它的个性。有个性就可爱。

"雅舍"的位置在半山腰，下距马路约有七八十层的土阶。前面是阡陌螺旋的稻田。再远望过去是几抹葱翠的远山，旁边有高粱地，有竹林，有水池，有粪坑，后面是荒僻的、榛莽未除的土山坡。若说地点荒凉，则月明之夕，或风雨之日，亦常有客到，大抵好友不嫌路远，路远乃见情谊。客来则先爬几十级的土阶，进得屋来仍须上坡，因为屋内地板乃依山势而铺，一面高，一面低，坡度甚大，客来无不惊叹，我则久而安之，每日由书房走到饭厅是上坡，饭后鼓腹而出是下坡，亦不觉有大不便处。

"雅舍"共是六间，我居其二。篾墙不固，门窗不严，故我与邻人彼此均可互通声息。邻人轰饮作乐，咿唔诗章，喁喁细语，以及鼾声、喷嚏声、吮汤声、撕纸声、脱皮鞋声，均随时由门窗户壁的隙处荡漾而来，破我岑寂。入夜则鼠子瞰灯，才一合眼，鼠子便自由行动，或搬核桃在地板上顺坡而下，或吸灯油而推翻烛台，或攀援^①而上帐顶，或在门框桌脚上磨牙，使得人不得安枕。但是对于鼠子，我很惭愧地承认，我"没有法子"。"没有法子"一语是被外国人常常引用着的，以为这话最足代表中国人的懒惰、隐忍的态度。其实我的对付鼠子并不懒惰。窗上糊纸，纸一戳就破；门户关紧，而相鼠有牙，一阵咬便是一个洞洞。试问还有什么法子？洋鬼子住到"雅舍"里，不也是"没有法子"？比鼠子更骚扰的是蚊子。"雅舍"的蚊虱之盛，是我前所未见的。"聚蚊成雷"真有其事！每当黄昏时候，满屋里磕头碰脑的全是蚊子，又黑又大，骨骼都像是硬的。在别处蚊子早已肃清的时候，在"雅舍"则格外猖獗，来客偶不留心，则两腿伤处累累隆起如玉蜀黍，但是我仍安之。冬天一到，蚊子自然绝迹，明年夏天——谁知道我还是住在"雅舍"！

"雅舍"最宜月夜——地势较高，得月较先。看山头吐月，红盘乍涌，一霎间，清光四射，天空皎洁，四野无声，微闻犬吠，坐客无不悄然！舍前有两株梨树，等到月升中天，清光从树间筛洒而下，地上阴影斑斓，此时尤为幽绝。直到兴阑

---

① 攀援：现在一般写作"攀缘"。

人散，归房就寝，月光仍然逼进窗来，助我凄凉。细雨蒙蒙之际，"雅舍"亦复有趣。推窗展望，俨然米氏章法，若云若雾，一片弥漫。但若大雨滂沱，我就又惶悚不安了，屋顶湿印到处都有，起初如碗大，俄而扩大如盆，继则滴水乃不绝，终乃屋顶灰泥突然崩裂，如奇葩初绽，素然一声而泥水下注，此刻满室狼藉，抢救无及。此种经验，已数见不鲜。

"雅舍"之陈设，只当得简朴二字，但洒扫拂拭，不使有纤尘。我非显要，故名公巨卿之照片不得入我室；我非牙医，故无博士文凭张挂壁间；我不业理发，故丝织西湖十景以及电影明星之照片亦均不能张我四壁。我有一几一椅一榻，醉睡写读，均已有着，我亦不复他求。但是陈设虽简，我却喜欢翻新布置。西人常常讥笑妇人喜欢变更桌椅位置，以为这是妇人天性喜变之一征。诬否且不论，我是喜欢改变的。中国旧式家庭，陈设千篇一律，正厅上是一条案，前面一张八仙桌，一旁一把靠椅，两旁是两把靠椅夹一只茶几。我以为陈设宜求疏落参差之致，最忌排偶。"雅舍"所有，毫无新奇，但一物一事之安排布置俱不从俗。人入我室，即知此是我室。

笠翁《闲情偶寄》之所论，正合我意。

"雅舍"非我所有，我仅是房客之一。但思"天地者万物之逆旅"，人生本来如寄，我住"雅舍"一日，"雅舍"即一日为我所有。即使此一日亦不能算是我有，至少此一日"雅舍"所能给予之苦辣酸甜我实躬受亲尝。刘克庄词："客里似家家似寄。"我此时此刻卜居"雅舍"，"雅舍"即似我家。其实似家似寄，我亦分辨不清。

　　长日无俚，写作自遣，随想随写，不拘篇章，冠以"雅舍小品"四字，以示写作所在，且志因缘。

对　联

　　我们中国字不是拼音的，一个字一个音，没有词类形式的变化，所以特宜于制作对联，长联也好，短联也好，上下联字字对仗，而且平仄谐调，读起来自有节奏，看上去整整齐齐。外国的拼音文字便不可能有这种方便。我服务过的一个学校，礼堂门口有一副对联："养天地正气，法古今完人。"写作俱佳。有人问我如何译成英文，我说，只可译出大意，无法译成联语。外文修辞也有所谓对仗（antithesis），也只是在句法上作骈列的安排，谈不到对仗之工与音调之美。我们的对联可以点缀湖山胜迹，可以装潢寓邸门庭，是我们独有的一种艺术品。

　　楹联佳制，所在多有。但是给人印象深刻者，各人所遇不同。北平人文荟萃之区，好的门联并不多觏。宫阙官衙照例没有门联，因为已有一番气象，容不得文字点缀。天安门前只可矗立华表或是擎露盘之类，不可以配制门联，也不可以悬挂任何文字的牌语。平民老百姓的家宅才讲究门联，越是小门小户的人家越不会缺少一副门联。王公贝子的府邸门前只列有打死人不偿命的红漆木头棍子。

我的北平故居大门上一联是最平凡的一副："忠厚传家久，诗书继世长。"可是我近年来越想越觉得其意义并不平凡，而且是甚为崇高。这不是夸耀门楣，以忠厚诗书自许，而是表示一种期望，在人品上有什么比忠厚更为高尚？在修养上有什么比诗书更为优美？有人把"久""长"二字删去，成为"忠厚传家，诗书继世"的四言联，这意思更好，只求忠厚宅心，儒雅为业，至于是否泽远流长就不必问。常看到另一副门联："国恩家庆，人寿年丰。"是善颂善祷的意思，不过有时候想想流离丧乱四海困穷的样子，这又像是一种讽刺了。有一人家门口一副对联："敢云大隐藏人海，且耐清贫读我书。"有一点酸溜溜的，但是很有味，不知里面住的是怎样的一位高人。

春联最没有意思，据说春联始自明太祖。"帝都金陵，除夕传旨：公卿士庶门上，须加联一副。"仓促之间，奉命制联，还能有好的作品？晚近只有蓬户瓮牖之家，才热衷于贴春联。给颓垣垩室平添一些春色，也未尝不可。曾见岁寒之日，北风凛冽，有一些缩头缩脑的人在路边当众挥毫，甚至有髫龄龀齿的小朋友也蹲在凳子上呵冻做书，引得路人聚观，无非是为博得一些笔墨之资，稍裕年景而已。春联的词句，不外一些吉祥颂祷之语，即使搬出杜甫的句子如"楼阁烟云里，山河锦绣中"，或孟浩然的句子如"咸歌太平日，共乐建寅春"，仍然不免于俗。如果怀有才气，当然可以自制春联，不过对仗要工、平仄要调，并不是上下联语字数相同即可充数。

幼时，检家中旧笥，得墨拓书对联一副："铁肩担道义，辣手著文章。"杨继盛，字椒山，明嘉靖进士，官吏部员外郎，是一位耿直的正人君子，曾劾严嵩五奸十大罪，被构陷下狱，终弃市。我看了那副对联，字如其人，风骨凛然，令人肃然起敬，遂付装池，悬我壁上。听说椒山先生寓邸在北平西城某胡同（丰盛胡同？），改为祠堂，此联石刻即藏祠堂内，可惜我没有去瞻仰。"担道义"即是不计利害地主持正义，杀身成仁舍生取义，椒山先生当之无愧。所谓"辣手著文章"，我想不是指绍兴师爷式的刀笔，没有正义感而一味地尖酸刻薄是不足为训的。所谓"辣手"应是指犀利而扼要的文笔。这一副对联现在已不知去向，但是无形中长是我的座右铭。

稍长，在一本珂罗版影印的楹联集里，看到一副联语"平生感意气，少小爱文辞"。是什么人写的，记不得了。这两句诗是杜甫《移居公安敬赠卫大郎钧》里的句子，我十分喜爱。这两句是称赞卫大郎的话，仇注"感其平时意气，如江海之流易合，又爱其少而能文，知风云之会有期"。卫大郎能当得起这样的夸赞，真是"不易得"的人物了。我一时心喜，仿其笔意写成五尺对联，笔弱墨浊，一无是处，不料墨沉未干，有最相知的好友掩至，谬加赞赏，携之而去。经付装池，好像略有起色，竟悬诸伊之客室，我见之不胜愧汗，如今灰飞云散人琴俱渺矣！

"民国"二十年①夏，与杨今甫、赵太侔、闻一多、黄任初诸君子公出济南，偷闲游大明湖。泛小舟，穿行芰荷菱芡间，至历下亭舍舟登陆。仰首一看，小亭翼然，榜书一联"海右此亭古，济南名士多"。这是杜甫于天宝四年陪李北海宴历下亭诗里的两句，亭为胜迹，座有嘉宾，故云。大凡名胜之地必有可观，若有前贤履迹点缀其间，则尤足为湖山生色。当时我的感

---

① "民国"二十年：即 1931 年。1911 年辛亥革命爆发后不久，革命党在南京建立临时政府，各省代表推举孙中山为临时大总统。1912 年 1 月 1 日，孙中山宣誓就职，中华"民国"（1912—1949）正式建立，简称"民国"。

触很深，"云山发兴""玉佩当歌"的情景如在目前，此一联语乃永不能忘。

西湖的楹联太多了，我印象深的只有两个。一个是岳坟的一副："青山有幸埋忠骨，白铁无辜铸佞臣。"自古忠奸之辨，一向严明。坟前一对跪着的铁像，一个是秦桧，一个是裸着上身的其妻王氏，游人至此照例是对秦桧以小便浇淋，否则便是吐痰一口，臭气熏天；对王氏则争扪其乳，扪得白铁乳头发光。我每谒岳坟，辄掩鼻而过，真有"白铁无辜"之叹。白铁铸成佞臣，倒也罢了，铸成佞臣之后所受的侮辱，未免冤枉。西湖另一副难忘的对联是："万顷湖平长似镜，四时月好最宜秋。"联在平湖秋月，把平湖秋月四个字嵌入联中，虽然位置参差，但是十分自然。我因为特别喜欢西湖的这一景，遂连带着也忘不了这副对联。

书　房

　　书房，多么典雅的一个名词！很容易令人联想到一个书香人家。书香是与铜臭相对待的。其实书未必香，铜亦未必臭。周彝商鼎，古色斑斓，终日摩挲亦不觉其臭，铸成钱币才沾染市侩味，可是不复流通的布泉刀错又常为高人赏玩之资。书之所以为香，大概是指松烟油墨印上了毛边连史，从不大通风的书房里散发出来的那一股怪味，不是桂馥兰薰，也不是霉烂馊臭，是一股混合的难以形容的怪味。这种怪味只有书房里才有，而只有士大夫人家才有书房。书香家之得名大概是以此。

　　寒窗之下苦读的学子多半是没有书房，囊萤凿壁的就更不用说。所以对于寒苦的读书人，书房是可望而不可即的豪华神仙世界。伊世珍《琅嬛记》："张华游于洞宫，遇一人引至一处，别是天地，每室各有奇书，华历观诸室书，皆汉以前事，多所未闻者，问其地，曰：'琅嬛福地也。'"这是一位读书人希求冥想一个理想的读书之所，乃托之于神仙梦境。其实除了赤贫的人饔飧不继谈不到书房外，一般的读书人，如果肯要一个书房，还是可以好好布置出一个来的。有人分出一间房子养来亨鸡，也有人分出一间房子养狗，就是匀不出一间做书房。我还见过一位富有的知识分子，他不但没有书房，也没有书桌，我亲见他的公子趴在地板上读书，他的女公子用一块木板在沙发上写字。

一个正常的良好的人家，每个孩子应该拥有一个书桌，主人应该拥有一间书房。书房的用途是庋藏图书并可读书写作于其间，不是用以公开展览借以骄人的。"丈夫拥有万卷书，何假南面百城！"这种话好像是很潇洒而狂傲，其实是心尚未安，无可奈何的解嘲语，徒见其不丈夫。书房不在大，亦不在设备佳，适合自己的需要便是。局促在几尺宽的走廊一角，只要放得下一张书桌，依然可以作为一个读书写作的工厂，大量出货。光线要好，空气要流通，红袖添香是不必要的，既没有香，"素腕举，红袖长"反倒会令人心有别注。书房的大小好坏，和一个读书写作的成绩之多少高低，往往不成正比例。有好多著名作品是在监狱里写的。

我看见过的考究的书房当推宋春舫先生的褐木庐为第一，在青岛的一个小小的山头上，这书房并不与其寓邸相连，是单独的一栋。环境清幽，只有鸟语花香，没有尘嚣市扰。《太平清话》："李德茂环积坟籍，名曰书城。"我想那书城未必能和褐木庐相比。在这里，所有的图书都是放在玻璃柜里，柜比人高，但不及栋。我记得藏书是以法文戏剧为主。所有的书都是精装，不全是 buckram（胶硬粗布），有些是真的小牛皮装订，烫金的字在书脊上排着队闪闪发亮。也许这已经超过了书房的标准，微近于藏书楼的性质，因为他还有一册精印的书目，普通的读书人谁也不会把他书房里的图书编目。

周作人先生在北平八道湾的书房，原名苦雨斋，后改为苦茶庵，不离苦的味道。小小的一幅横额是沈尹默写的，是北平式的平房，书房占据了里院上房三间，两明一暗。里面一间是知堂老人读书写作之处，偶然也延客品茗。几净窗明，一尘不染。书桌上文房四宝井然有致。外面两间像是书库，约有十个八个书架立在中间，图书中西兼备，日文书数量很大。真不明白苦茶庵的老和尚怎么掉进了泥淖一辈子洗不清！

闻一多的书房，和"闻一多先生的书桌"一样，充实、有

趣而乱。他的书全是中文书，而且几乎全是线装书。在青岛的
时候，他仿效青岛大学图书馆庋藏中文图书的办法，给成套的
中文书装制蓝布面，用白粉写上宋体字的书名，直立在书架
上。这样的装备应该是很整齐可观，但是主人要作考证，东一
部西一部的图书便要从书架上取下来参加獭祭的行列了，其结
果是短榻上、地板上，唯一的一把木根雕制的太师椅上，全都
是书。那把太师椅玲珑梆硬，可以入画，不宜坐人，其实亦不
宜于堆书，却是他书斋中最惹眼的一个点缀。

潘光旦在清华南院的书房另有一种情趣。他是以优生学专
家的素养来从事我国谱牒学研究的学者，他的书房收藏这类图
书极富。他喜欢用书护，那就是用两块木板将一套书夹起来，
立在书架上。他在每套书系上一根竹制的书笺，笺上写着书
名。这种书笺实在很别致，不知杜工部《将赴草堂途中有作》
所谓"书笺药里封尘网"的书笺是否即系此物。光旦一直在北
平，晚年丧偶，又复失明，想来他书房中那些书笺早已封尘
网了！

汗牛充栋，未必是福。丧乱之中，牛将安觅？多少爱书的
人士都把他们苦心聚集的图书抛弃了，而且再也鼓不起勇气重
建一个像样的书房。藏书而充栋，确有其必要，例如从前我家

有一部小字本的图书集成，摆满上与梁齐的靠在整垛山墙的书架，取上层的书须用梯子，爬上爬下很不方便，可以充栋的书架有时仍是不可少。我来中国台湾后，一时兴起，兴建了一个连在墙上的大书架，邻居绸缎商来参观，叹曰："造这样大的木架有什么用，给我摆列绸缎尺头倒还合用。"他的话是不错的，书不能令人致富。书还给人带来麻烦，能像郝隆那样七月七日在太阳底下晒肚子就好，否则不堪衣食之扰，真不如尽量地把图书塞入腹笥，晒起来方便，运起来也方便。如果图书都做成"显微胶片"纳入腹中，或者放映在脑子里，则书房就成为不必要的了。

饮　酒

　　酒实在是妙。几杯落肚之后就会觉得飘飘然、醺醺然。平素道貌岸然的人，也会绽出笑脸；一向沉默寡言的人，也会议论风生。再灌下几杯之后，所有的苦闷烦恼全都忘了，酒酣耳热，只觉得意气飞扬，不可一世，若不及时制止，可就难免玉山颓欹，剔吐纵横，甚至撒疯骂座，以及种种的酒失酒过全部地呈现出来。莎士比亚的《暴风雨》里的卡力班，那个象征原始人的怪物，初尝酒味，觉得妙不可言，以为把酒给他喝的那个人是自天而降，以为酒是甘露琼浆，不是人间所有物。美洲印第安人初与白人接触，就是被酒所倾倒，往往不惜举土地界人以交换一些酒浆。印第安人的衰灭，至少一部分是由于他们的荒腆于酒。我们中国人饮酒，历史久远。发明酒者，一说是仪逖，又说是杜康。仪逖夏朝人，杜康周朝人，相距很远，总之是无可稽考。也许制酿的原料不同、方法不同，所以仪逖的酒未必就是杜康的酒。尚书有《酒诰》之篇，谆谆以酒为戒，一再地说"祝兹酒"（停止这样地喝酒）"无彝酒"（勿常饮酒），想见古人饮酒早已相习成风，而且到了"大乱丧德"的地步。三代以上的事多不可考，不过从汉起就有酒榷之说，以后各代因之，都是课税以裕国帑，并没有寓禁于征的意思。酒很难禁绝，美国一九二〇年起实施酒禁，雷厉风行，依然到处都有酒喝。当时笔者道出纽约，有一天友人邀我食于某中国餐馆，入门直趋后室，索五加皮，开怀畅饮。忽警察闯入，友人止予勿惊。这位警察徐徐就座，解手枪，锵然置于桌上，索五加皮独酌，不久即伏案酣睡。一九三三年酒禁废，直如一场儿戏。民之所好，非政令所能强制。在我们中国，汉萧何造律："三人以上无故群饮，罚金四两。"此律不曾彻底实行。事实上，酒楼妓馆处处笙歌，无时不飞觞醉月。文人雅士水边修禊，山上登高，一向离不开酒。名士风流，以为持螯把酒，便足了一生，甚至于酣饮无度，扬言"死便埋我"，好像大量饮酒不是什么不很体面的事，真所谓"酗于酒德"。

对于酒，我有过多年的体验。第一次醉是在六岁的时候，

侍先君 ①。饭于致美斋（北平煤市街路西）楼上雅座，窗外有一棵不知名的大叶树，随时簌簌作响。连喝几盅之后，微有醉意，先君禁我再喝，我一声不响站立在椅子上舀了一匙高汤，泼在他的一件两截衫上。随后我就倒在旁边的小木炕上呼呼大睡，回家之后才醒。我的父母都喜欢酒，所以我一直都有喝酒的机会。"酒有别肠，不必长大"，语见《十国春秋》，意思是说酒量的大小与身体的大小不必成正比，壮健者未必能饮，瘦小者也许能鲸吸。我小时候就是瘦弱如一根绿豆芽。酒量是可以慢慢磨炼出来的，不过有其极限。我的酒量不大，我也没有亲见过一般人所艳称的那种所谓海量。古代传说"文王饮酒千钟，孔子百觚"，王充《论衡·语增篇》就大加驳斥，他说："文王之身如防风之君，孔子之体如长狄之人，乃能堪之。"且"文王孔子率礼之人也"，何至于醉酗乱身？就我孤陋的见闻所及，无论是"青州从事"或"平原都邮"，大抵白酒一斤或黄酒三五斤即足以令任何人头昏目眩粘牙倒齿。唯酒无量，以不及于乱为度，看各人自制力如何耳。不为酒困，便是高手。

酒不能解忧，只是令人在由兴奋到麻醉的过程中暂时忘怀

---

① 先君：指已故的父亲。

一切。即刘伶所谓"无息无虑，其乐陶陶"。可是酒醒之后，所谓"忧心如醒"，那份病酒的滋味很不好受，所付代价也不算小。我在青岛居住的时候，那地方背山面海，风景如绘，在很多人心目中是最理想的卜居之所，唯一缺憾是很少文化背景，没有古迹耐人寻味，也没有适当的娱乐。看山观海，久了也会腻烦，于是呼朋聚饮，三日一小饮，五日一大宴，划拳行令，三十斤花雕一坛，一夕而罄。七名酒徒加上一位女史，正好八仙之数，乃自命为酒中八仙。有时且结伙远征，近则济南，远则南京、北平，不自谦抑，狂言"酒压胶济一带，拳打南北二京"，高自期许，俨然豪气干云的样子。当时作践了身体，这笔账日后要算。一日，胡适之先生过青岛小憩，在宴席上看到八仙过海的盛况大吃一惊，急忙取出他太太给他的一个金戒指，上面镌有"戒"字，戴在手上，表示免战。过后不久，胡先生就写信给我说："看你们喝酒的样子，就知道青岛不宜久居，还是到北平来吧！"我就到北平去了。现在回想当年酗酒，哪里算得是勇，直是狂。

酒能削弱人的自制力，所以有人酒后狂笑不止，也有人痛哭不已，更有人口吐洋语滔滔不绝，也许会把平素不敢告人之事吐露一二，甚至把别人的阴私也当众抖搂出来。最令人难堪的是强人饮酒，或单挑，或围剿，或投下井之石，千方万计要把别人灌醉，有人诉诸武力，捏着人家的鼻子灌酒。这也许是人类长久压抑下的一部分兽性之发泄，企图获取胜利的满足，比拿起石棒给人迎头一击要文明一些而已。那咄咄逼人的声嘶力竭的划拳，在赢拳的时候，那一声拖长了的绝叫，也是表示内心的一种满足。在别处得不到满足，就让他们在聚饮的时候如愿以偿吧！只是这种闹饮，以在有隔音设备的房间里举行为宜，免得侵扰他人。

《菜根谭》所谓"花看半开，酒饮微醺"的趣味，才是最令人低回的境界。

喝　茶

　　我不善品茶，不通《茶经》，更不懂什么茶道，从无两腋之下习习生风的经验。但是，数十年来，喝过不少茶，北平的双熏、天津的大叶、西湖的龙井、六安的瓜片、四川的沱茶、云南的普洱、洞庭湖的君山茶、武夷山的崖茶，甚至不登大雅之堂的茶叶梗与满天星随壶净的高末儿，都尝试过。茶是我们中国人的饮料，口干解渴，唯茶是尚。茶字，形近于荼，声近于槚，来源甚古，流传海外，凡是有中国人的地方就有茶。人无贵贱，谁都有分，上焉者细啜名种，下焉者牛饮茶汤，甚至路边埂畔还有人奉茶。北人早起，路上相逢，辄问讯："喝茶未？"茶是开门七件事之一，乃人生必需品。

　　孩提时，屋里有一把大茶壶，坐在一个有棉衬垫的藤箱里，相当保温，要喝茶自己斟。我们用的是绿豆碗，这种碗大号的是饭碗，小号的是茶碗，作绿豆色，粗糙耐用，当然和宋瓷不能比，和江西瓷不能比，和洋瓷也不能比，可是有一股朴实厚重的风貌，现在这种碗早已绝迹，我很怀念。这种碗打破了不值几文钱，脑勺子上也不至于挨巴掌。银托白瓷小盖碗是祖父母专用的，我们看着并不羡慕。看那小小的一盏，两口就喝光，泡两三回就得换茶叶，多麻烦。如今盖碗很少见了，除非是到故宫博物院拜会蒋院长，他那大客厅里总是会端出盖碗茶敬客。再不就是在电视剧中也常看见有盖碗茶，可是演员一手执盖一手执碗缩着脖子啜茶那副狼狈相，令人发噱，因为他不知道喝盖碗茶应该是怎样的喝法。他平素自己喝茶大概一直是用玻璃杯、保温杯之类。如今，我们此地见到的盖碗，多半是近年来本地制造的"万寿无疆"的那种样式，瓷厚了一些；日本制的盖碗，样式微有不同，总觉得有些怪怪的。近有人回大陆，顺便探视我的旧居，带来我三十多年前天天使用的一只瓷盖碗，原是十二套，只剩此一套了，碗沿还有一点磕损，睹此旧物，勾起往日的心情，不禁黯然。盖碗究竟是最好的茶具。

茶叶品种繁多，各有擅场。有友来自徽州，同学清华，徽州产茶胜地，但是他看到我用一撮茶叶放在壶里沏茶，表示惊讶，因为他只知道茶叶是烘干打包捆载上船沿江运到沪杭求售，剩下来的茶梗才是家人饮用之物，恰如北人所谓"卖席的睡凉园"。我平素喝茶，不是香片就是龙井，多次到大栅栏东鸿记或西鸿记去买茶叶，在柜台前面一站，徒弟搬来凳子让坐，看伙计称茶叶，分成若干小包，包得见棱见角，那份手艺只有药铺伙计可以媲美。茉莉花熏过的茶叶，临卖的时候再抓一把鲜茉莉花放在表面上，所以叫作双熏。于是茶店里经常是茶香花香，郁郁菲菲。父执有名玉贵者，旗人，精于饮馔，居恒以一半香片一半龙井混合沏之，有香片之浓馥，兼龙井之苦清。吾家效而行之，无不称善。茶以人名，乃径呼此茶为"玉贵"，私家秘传，外人无由得知。

其实，清茶最为风雅。抗战前造访知堂老人于苦茶庵，主客相对总是有清茶一盂，淡淡的、涩涩的、绿绿的。我曾屡侍先君游西了湖，从不忘记品尝当地的龙井，不需要攀登南高峰风篁岭，近处平湖秋月就有上好的龙井茶，开水现冲，风味绝佳。茶后进藕粉一碗，四美具矣。正是"穿牖而来，夏日清风冬日日；卷帘相见，前山明月后山山"（骆成骧联）。有朋自六安来，贻我瓜片少许，叶大而绿，饮之有荒野的气息扑鼻。其中西瓜茶一种，真有西瓜风味。我曾过洞庭，舟泊岳阳楼下，购得君山茶一盒。沸水沦之，每片茶叶均如针状直立漂浮，良久始舒展下沉，味品清香不俗。

初来中国台湾，粗茶淡饭，颇想倾阮囊之所有在饮茶一端偶作豪华之享受。一日过某茶店，索上好龙井，店主将我上下打量，取八元一斤之茶叶以应，余示不满；乃更以十二元者奉上，余仍不满。店主勃然色变，厉声曰："买东西，看货色，不能专以价钱定上下。提高价格，自欺欺人耳！先生奈何不察？"我爱其戆直。现在此茶店门庭若市，已成为业中之翘楚。

此后我饮茶，但论品位，不问价钱。

茶之以浓酽胜者莫过于工夫茶。《潮嘉风月记》说工夫茶要细炭初沸连壶带碗泼浇，斟而细呷之，气味芳烈，较嚼梅花更为清绝。我没嚼过梅花，不过我旅居青岛时有一位潮州澄海朋友，每次聚饮酪酊，辄相偕走访一潮州帮巨商于其店肆。肆后有密室，烟具、茶具均极考究，小壶小盅有如玩具。更有娈婉丱童伺候煮茶、烧烟，因此经常饱吃工夫茶，诸如铁观音、大红袍，吃了之后还携带几匣回家。不知是否故弄玄虚，谓炉火与茶具相距以七步为度，沸水之温度方合标准。举小盅而饮之，若饮罢径自返盅于盘，则主人不悦，须举盅至鼻头猛嗅两下。这茶最有解酒之功，如嚼橄榄，舌根微涩，数巡之后，好像是越喝越渴，欲罢不能。喝工夫茶，要有工夫，细呷细品，要有设备，要人服侍，如今乱糟糟的社会里谁有那么多的工夫？红泥小火炉哪里去找？伺候茶汤的人更无论矣。普洱茶，漆黑一团，据说也有绿色者，泡烹出来黑不溜秋，粤人喜之。在北平，我只在正阳楼看人吃烤肉，吃得口滑肚子膨脝不得动弹，才高呼堂倌泡普洱茶。四川的沱茶亦不恶，唯一般茶馆应市者非上品。中国台湾的乌龙，名震中外，大量生产，佳者不易得。处处标榜冻顶，事实上哪里有那么多的冻顶？

喝茶，喝好茶，往事如烟。提起喝茶的艺术，现在好像谈不到了，不提也罢。

下　棋

　　有一种人我最不喜欢和他下棋，那便是太有涵养的人。杀死他一大块，或是抽了他一个车，他神色自若，不动火，不生气，好像是无关痛痒，使你觉得索然寡味。君子无所争，下棋却是要争的。当你给对方一个严重威胁的时候，对方的头上青筋暴露，黄豆般的汗珠一颗颗地在额上陈列出来，或哭丧着脸做惨笑，或咕嘟着嘴作吃屎状，或抓耳挠腮，或大叫一声，或长吁短叹，或自怨自艾口中念念有词，或一串串的噎嗝打个不休，或红头涨脸如关公，种种现象不一而足，这时节你"行有余力"，便可以点起一支烟，或啜一碗茶，静静地欣赏对方的苦闷的象征。我想猎人因逐一只野兔的时候起愉快大概略相仿佛。因此我悟出一点道理，和人下棋的时候，如果有机会使对方受窘，当然无所不用其极；如果被对方所窘，便努力作出不介意状，因为既不能积极地给对方以痛苦，只好消极地减少对方的乐趣。

　　自古博弈并称，全是属于赌的一类，而且只是比"饱食终日无所用心"略胜一筹而已。不过弈虽小术，亦可观人。相传有慢性人，见对方走当头炮，便左思右想，不知是跳左边的马好，还是跳右边的马好，想了半个钟头而迟迟不决，急得对方拱手认输。是有这样的慢性人，每一招都要考虑，而且是加慢地考虑，我常想这种人如加入龟兔竞赛，也必定可以获胜。也有性急的人，下棋如赛跑，噼噼啪啪，草草了事，这仍是饱食终日无所用心的一贯作风。下棋不能无争，争的范围有大有小，有斤斤计较而因小失大者，有不拘小节而眼观全局者，有短兵相接做生死斗者，有各自为战而旗鼓相当者，有赶尽杀绝一步不让者，有好勇斗狠同归于尽者，有一面下棋一面诮骂者，但最不幸的是争的范围超出了棋盘，而拳足交加。有下象棋者，久而无声响，排闼视之，原来他们是在门后角里扭作一团，一个人骑在另一个人的身上，在他的口里挖车呢。被挖者不敢出声，出声则张口，张口则车被挖回，挖回则必悔棋，悔棋则不得胜，这种认真的态度憨得可爱。我曾见过二人手谈，起先是坐着，神情潇洒，望之如神仙中人；俄而棋势吃紧，两人都站起来了，剑拔弩张；最后到了生死关头，两个人都跳到桌上去了！

笠翁《闲情偶寄》说弈棋不如观棋，因观者无得失心。观棋是有趣的事，如看斗牛、斗鸡、斗蟋蟀一般。但是观棋也有难过之处，观棋不语是一种痛苦。喉间硬是痒得出奇，思一吐为快。看见一个人要入陷阱而不作声是几乎不可能的事，如果说得中肯，其中一个人要怨恨你，暗暗地骂一声："多嘴驴！"另一个人也不感激你，心想："难道我还不晓得这样走！"如果说得不中肯，两个人要一齐嗤之以鼻："无见识奴！"如果根本不说，憋在心里，受病。所以有人于挨了一耳光之后还要捂着热辣辣的嘴巴大呼："要抽车！要抽车！"

下棋只是为了消遣，其所以能使这样多人嗜此不疲者，是因为他颇合于人类好斗的本能，这是一种斗智不斗力的游戏。所以瓜棚豆架之下，与世无争的村夫野老不免一枰相对，消此永昼；闹市茶寮之中，常有有闲阶级的人士下棋消遣，"不为无益之事，何以遣此有涯之生？"宦海里翻过身最后隐退东山的大人先生们，髀肉复生，而英雄无用武之地，也只好闲来对弈，了此残生，下棋全是"剩余经历"的发泄。人总是要斗的，总是要钩心斗角地和人争逐的。与其和人争权夺利，还不如在棋盘上多占几个官；与其招摇撞骗，还不如在棋盘上抽上一车。宋人笔记曾载有一段故事："李讷仆射，性卞急，酷尚弈棋，每下子安详，极于宽缓。往往躁怒作，家人辈则密以弈具陈于前，讷睹便忻然改容，以取其子布弄，都忘其恚矣。"（《南部新书》）下棋，有没有这样陶冶性情之功，我不敢说，不过有人下起棋来确实是把性命都可置之度外。我有两个朋友下棋，警报作，不动声色，俄而弹落，棋子被震得在盘上跳荡，屋瓦乱飞，其中一位棋瘾较小者变色而起，被对方一把拉住："你走，那就算是你输了！"此公深得棋中之趣。

听　戏

我小时候喜欢听戏，在北平都说听戏，不说看戏。真正内行的听众，他不挑拣座位，在池子里能有个地方就行，"吃柱子"也无所谓，在边厢暗处找个座位就可以，沏一壶茶，眯着眼，歪歪斜斜地缩在那里——听戏。实际上他听的不是戏，是某一个演员的唱。戏的主要部分是歌唱。听到一句回肠荡气的唱腔，如同搔着痒处一般，他会猛古丁地带头喊一声"好"！若是听到不合规矩荒腔走板的调子，他也会毫不留情地送上一个倒彩。真是曲有误，周郎顾。

我没有那份素养，当然不足以语此，但是我在听戏之中却是得到了一种精神上的满足。我自己虽不会唱，顶多是哼两声，但是却常被那节奏与韵味所陶醉。凡是爱听戏的人都有此经验。戏剧之所以能掌握住大众的兴趣，即以此故，戏的情节没有太大的关系，纵然有迷信的成分或是不大近情近理，都没有关系，反正是那百十来出的戏，听也听熟了，要注意的是演员之各有千秋的唱功。甚至演员的扮相也不重要，例如德珺如的小生，那张驴脸实在令人不敢承教，但是他唱起来硬是清脆可听。至于演员的身段、化妆、行头，以及台上的切末道具，更是次焉者也。

　　因为戏的重点在唱，而唱功优秀的演员不易得，且其唱功一旦登峰造极，厥后在剧界即有难以为继之叹，一切艺术皆是如此。自民初以后，戏剧一直在走下坡。其式微之另一个原因是观众的素质与品位变了。戏剧的盛衰，很大部分取决于观众，此乃供求之关系，势所必至。而观众受社会环境变迁之影响，其素质与品位又不得不变。新文化运动以来，论者对于戏剧常有微词，或指脸谱为野蛮的遗留，或谓剧情不外奖善惩恶之滥调，或目男扮女角为不自然，或诋剧词之常有鄙陋不通之处……诸如此类，皆不无见地，然实未搔着痒处。也有人倡为改良之议，诸如修改剧本，润色戏词，改善背景，增加幔幕，遮隔文武场面，等等，均属可行，然亦未触及基本问题之所在。我们的戏属于歌剧类型，其灵魂在唱歌。这样的戏被这样的观众所长期地欣赏，已成为我们的传统文化的一个项目。是传统，即不可轻言更张。振衰起敝之道在于有效地培养演员，旧的科班制度虽非尽善，有许多地方值得保存。俗语说："三年出一个状元，三十年不见得能出一个好演员。"人才难得，半由天赋，半由苦功。培养演员，固然不易，培养观众其事尤难，观众的品位受多方的影响，控制甚难。大势所趋，歌剧的前途未可乐观。

戏还是要看的，不一定都要闭着眼睛听。不过我们的戏剧的特点之一是所有动作多以象征为原则，不走写实的路子。因为戏剧受舞台构造的限制，三面都是观众，无幕无景，地点可以随时变，所以不便写实。说它是原始趣味也可，说它具有象征艺术的趣味亦可。这种作风怕是要保留下去的。记得尚小云有一回演《天河配》，在出浴一场中，这位高头大马的演员穿着紧身的粉红色卫生衣裤真个的挥动纱带做出水芙蓉状！有人为之骇然，也有人为之鼓掌叫绝。我觉得这是旧剧的堕落。

话剧是由外国引进来的东西。旧剧即使不堕落，话剧的兴起，其势也是不可遏的。话剧的组成要件是动作与对白，和歌剧大异其趣。从文明新戏起到晚近的话剧运动，好像尚未达到成熟的阶段。其间有很长一段是模仿外国作品，也模仿易卜生，也模仿奥尼尔，似是无可讳言。话剧虽然不唱，演员的对白却不是简单事，如何咬字吐音，使字字句句送到全场观众的耳边，需要研究苦练，同时也需要天赋。话剧常常是由学校领头演出，中外皆然，当然学校戏剧也常有非常出色的成绩，不过戏剧演出必须职业化，然后才能期望有较高的艺术水准。

话剧的主流是写实的，可以说是真正的"人生的模拟"。故导演的手法，背景的安排，灯光的变化，服装的设计，无一不重要，所以制造戏剧的效果，使观众从舞台上的表演中体会出一段有意义的人生。戏剧不可过分迎合观众趣味，否则其娱乐性可能过分增高，而其艺术的严重性相当的减少。

在现代商业化的社会里，话剧的发展是艰苦的。且以英国著名演员劳伦斯·奥利维尔①爵士为例，他的表演艺术在如今是登峰造极的一个，他说："我现在拍电影，人们总是在报上批评我。'为什么拍这些垃圾？'我告诉你什么原因：找钱送三个孩子上学，养家，为他们将来有好日子……"奥利维尔如此，其他演员无论矣。我们此时此地倡导话剧，首要之因是由政府建立现代化的剧院，不妨是小剧院，免费供应演出场地，或酌量少收费用，同时鼓励成立"定期换演剧目的剧团"，使演剧成为

---

① 劳伦斯·奥利维尔：现译作劳伦斯·奥利弗（1907—1989），英国导演、制片人、演员，曾于1947年被英国女王授予骑士爵位。

职业化；对于演员则大幅提高其报酬，使不至于旁骛。

戏本是为演的，不是为看的。所以剧本一向是剧团的财产之一部，并不要发表出来以供众览。科班里教戏是靠口授，而且是授以"单词"，不肯整出地传授，所拥有的全剧抄本世袭珍藏唯恐走漏。从前外国的剧团也是一样，并不把剧本当作文学作品看待。把戏剧作品当作文学的一部门，是比较晚近的事。

读剧本，与看舞台上演，其感受大不相同。舞台上演，不过是两三小时的工夫，其间动作语言曾不少停，观众直接立即获得印象。有许多问题来不及思考，有许多词句来不及品赏。读剧本则可从容玩味，发现许多问题与意义。看好的剧本在舞台上做有效的表演，那才是最理想的事。戏剧本来是以演员为主要支柱，但是没有好的剧本则表演亦无所附丽。剧本的写作是创造，演员的艺术是再创造。戏剧被利用为宣传工具，自古已然。可以宣传宗教意识，可以宣传道德信条，驯至晚近可以宣传种种的政治与社会思想。不过戏剧自戏剧，自有其本身的文艺的价值。易卜生写《傀儡家庭》，妇女运动家视为最有力的一个宣传，但是据易卜生自己说，他根本没有想到过妇女运动。戏剧作家，和其他作家一样，需要自由创作的环境。戏剧的演出，像其他艺术活动一样，我们也应该给予最大的宽容。

雪

　　李白句："燕山雪花大如席。"这话靠不住，诗人夸张，犹"白发三千丈"之类。据科学的报道，雪花的结成视当时当地的气温状况而异，最大者直径三至四英寸。大如席，岂不一片雪花就可以把整个人盖住？雪，是越下得大越好，只要是不成灾。雨雪霏霏，像空中撒盐，像柳絮飞舞，缓缓然下，真是有趣，没有人不喜欢。有人喜雨，有人苦雨，不曾听说谁厌恶雪。就是在冰天雪地的地方，爱斯基摩人[①]也还利用雪块砌成圆顶小屋，住进去暖和得很。

　　赏雪，须先肚中不饿。否则雪虐风饕之际，饥寒交迫，就

---

① 爱斯基摩人：现通称为"因纽特人"，分布于北极圈内外。

许一口气上不来，焉有闲情逸致去细数"一片一片又一片……飞入梅花都不见"？后汉有一位袁安，大雪塞门，无有行路，人谓已死，洛阳令令人除雪，发现他在屋里僵卧，问他为什么不出来，他说："大雪人皆饿，不宜干人。"此公戆得可爱，自己饿，料想别人也饿，我相信袁安僵卧的时候一定吟不出"风吹雪片似花落"之类的句子。晋王子猷居山阴，夜雪初霁，月色清朗，忽然想起远在剡的朋友戴安道，即便夜乘小舟就之，经宿方至，造门不前而返。假如没有那一场大雪，他固然不会发此奇兴；假如他自己饘粥不继，他也不会风雅到夜乘小船去空走一遭。至于谢安石一门风雅，寒雪之日与儿女吟诗，更是富贵人家事。

一片雪花含有无数的结晶，一粒结晶又有好多好多的面，每个面都反射着光，所以雪才显着那样的洁白。我年轻时候听说从前有烹雪论茗的故事，一时好奇，便到院里就新降的积雪掬起表面的一层，放在甑里融成水，煮沸，走七步，用小宜兴壶，沏大红袍，倒在小茶盅里，细细品啜之，举起喝干了的杯子就鼻端猛嗅三两下——我一点也不觉得两腋生风，反而觉得舌本闲强。我再检视那剩余的雪水，好像有用矾打的必要！空气污染，雪亦不能保持其清白。有一年，我在汴洛道上行役，途中车坏，时值大雪，前不巴村后不着店，饥肠辘辘，乃就路边草棚买食，主人飨我以挂面，我大喜过望。但是煮面无水，主人取洗脸盆，舀路旁积雪，以混沌沌的雪水下面。虽说饥者易为食，这样的清汤挂面也不是顶容易下咽的。从此我对于雪，觉得只可远观，不可亵玩。苏武饥吞毡渴饮雪，那另当别论。

雪的可爱处在于它的广被大地，覆盖一切，没有差别。冬夜拥被而眠，觉寒气袭人，蜷缩不敢动，凌晨张开眼皮，窗棂窗帘隙处有强光闪映大异往日，起来推窗一看——啊，白茫茫一片银世界。竹枝松叶顶着一堆堆的白雪，权芽老树也都镶了银边。朱门与蓬户同样地蒙受它的沾被，雕栏玉砌与瓮牖桑枢没有差别待遇。地面上的坑穴洼溜，冰面上的枯枝断梗，路面上的残刍败屑，全都罩在天公抛下的一件鹤氅之下。雪就是这样的大公无私，装点了美好的事物，也遮掩了一切的污秽，虽然不能遮掩太久。

雪最有益于人之处是在农事方面，我们靠天吃饭，自古以来就看上天的脸色，"上天同云，雨雪雰雰。……既霑既足，生我百谷"。俗语所说"瑞雪兆丰年"，即今冬积雪，明年将丰之谓。不必"天大雪，至于牛目"，盈尺就可成为足够的宿泽。还有人说雪宜麦而辟蝗，因为蝗遗子于地，雪深一尺则入地一丈，连虫害都包治了。我自己也有过一点类似的经验，堂前有芍药两栏，书房檐下有玉簪一畦，冬日几场大雪扫积起来，堆在花栏花圃上面，不但可以使花根保暖，而且来春雪融成了天然的润溉，大地回苏的时候果然新苗怒发，长得十分茁壮，花团锦簇。我当时觉得比堆雪人更有意义。

据说有一位枭雄吟过一首咏雪的诗："黄狗身上白，白狗身上肿。出门一啊喝，天下大一统。"俗话说"官大好吟诗"，何况一位枭雄在因缘际会踌躇满志的时候？这首诗不是没有一点巧思，只是趣味粗犷得可笑，这大概和出身与气质有关。相传法国皇帝路易十四写了一首三节联韵诗，自鸣得意，征求诗人批评家布洼娄 ① 的意见，布洼娄说："陛下无所不能，陛下欲作一首歪诗，果然作成功了。"我们这位枭雄的咏雪，也应该算是很出色的一首歪诗。

---

① 布洼娄：现译作布瓦洛（1636—1711），法国诗人、文学批评家。其著作《诗的艺术》，阐明了文学的古典主义原则，对当时法国和英国的文坛影响很大。

群芳小记

　　"老子爱花成癖"，这话我不敢说。爱花则有之，成癖则谈何容易。需要有一块良好的场地，有一间宽敞的温室，有各种应用的器材。更重要的是有健壮的体格，和充分的闲暇。我何足以语此。好不容易我有了余力，有了闲暇，但是曾几何时，人垂垂老矣！两臂乏力，腰不能弯，腿不能蹲。如何能够剪草、搬盆、施肥、换土？请一位园丁，几天来一次，只能帮做一点粗重的活。而且花是要自己亲手培养，看着它抽芽放蕊，才有趣味。像鲁迅所描写的"吐两口血，扶着丫鬟，到阶前看秋海棠"，那能算是享受么？

　　迁台以来，几度播迁，看到了不少可爱的花。但是我经过多少次的移徙，"乔迁"上了高楼，竟没有立锥之地可资利用，种树莳花之事乃成为不可能。无已，只好寄情于盆栽。幸而菁清[①]爱花有甚于我者，她拓展阳台安设铁架，常不惜长途奔走载运花盆、肥土，戴上手套做园艺至于废寝忘食。

如今天晴日丽，我们的窗前绿意盎然。尤其是她培植的"君子兰"由一盆分为十余盆，绿叶黄花，葳蕤多姿。我常想起黄山谷的句子："白发黄花相牵挽，付与旁人冷眼看。"

菁清喜欢和我共同赏花，并且要我讲述一些有关花木的见闻，爰就记忆所及，拉杂记之。

海　棠

海棠的风姿艳质，于群芳之中颇为突出。我第一次看到繁盛缤纷的海棠是在青岛的第一公园。二十年春，值公园中樱花盛开，夹道的繁花如簇，交叉蔽日，蜜蜂嗡嗡之声盈耳，游人如织。我以为樱花无色无香，纵然蔚为雪海，亦无甚足观，只是以多取胜。徘徊片刻，乃转去苗圃，看到一排排西府海棠，高及丈许，而花枝招展，绿鬓朱颜，正在风情万种、春色撩人

---

① 菁清：即韩菁清（1931—1994），著名歌星、影星，梁实秋的续弦夫人。

的阶段，令人有忽逢绝艳之感。

海棠的品种繁多，以"西府"为最胜，其姿态在"贴梗""垂丝"之上。最妙处是每一花苞红得像胭脂球，配以细长的花茎，斜敧挺出而微微下垂，三五成簇。凡是花，若是紧贴在梗上，便无姿态，例如茶花，好的品种都是花朵挺出的。樱花之所以无姿态，便是因为无花茎。榆叶梅之类更是品斯下矣。海棠花苞最艳，开放之后花瓣的正面是粉红色，背面仍是深红，俯仰错落，浓淡有致。海棠的叶子也陪衬得好，嫩绿光亮而细致。给人整个的印象是娇小艳丽。我立在那一排排的西府海棠前面，良久不忍离去。

十余年后我才有机会在北平寓中垂花门前种植四棵西府海棠，着意培植，春来枝枝花发，朝夕品赏，成为毕生快事之一。明初诗人袁士元和刘德彝《海棠》诗有句云："主人爱花如爱珠，春风庭院如画图。"似此古往今来，同嗜者不在少。两蜀花木素盛，海棠尤为著名。昌州（今大足县）且有"海棠香国"之称。但是杜工部经营草堂，广栽花木，独不及海棠，诗中亦不加吟咏，或谓避母讳，不知是否有据。唐诗人郑谷《蜀中赏海棠》诗云："浓淡芳春满蜀乡，半随风雨断莺肠。浣花溪上堪惆怅，子美无心为发扬。"其言若有憾焉。

以海棠与美人春睡相比拟，真是联想力的极致。《唐书·杨贵妃传》："明皇登沉香亭，召杨妃，妃被酒新起，命力士从侍儿扶掖而至。明皇笑曰：'此真海棠睡未足耶？'"大概是海棠的那副懒洋洋的娇艳之状像是美人春睡初起。究竟是海棠像美人，还是美人像海棠，倒是一个有趣的问题。苏东坡一首《海棠》诗有句云："林深雾暗晓光迟，日暖风轻春睡足。"是把海棠比作美人。

秦少游对于海棠特别感兴趣。宋释惠洪《冷斋夜话》："少游在黄州，饮于海棠桥，桥南北多海棠，有书生家于海棠丛间，少游醉宿于此，明日题其柱曰：'唤起一声人悄，衾冷梦寒窗晓。瘴雨过，海棠晴，春色又添多少。社瓮酿成微笑，半缺瘿瓢共舀。觉颠倒，急投床，醉乡广大人间小。'"家于海棠丛中，多么风流！少游醉后题词，又是多么潇洒！少游家中想必也广植海棠，因为同为苏门四学士的晁补之有一首《喜朝天》，注"秦宅海棠作"，有句云："碎锦繁绣，更柔柯映碧，纤撷匀殷。谁与将红间白，采熏笼，仙衣覆斑斓。如有意，浓妆淡抹，斜倚阑干。"刻画得淋漓尽致。

含 笑

白朴的曲子《广东原》有这样的一句："忘忧草，含笑花，劝君闻早冠宜挂。"以忘忧草（即萱草）与含笑花作对，很有意思。大概是语出欧阳修《归田录》："丁晋公在海南，篇咏尤多，如'草解忘忧忧底事，花名含笑笑何人'尤为人所传诵。"含笑花是什么样子，我从未见过，因为它是南方花木，北地所无。

我来到中国台湾之后十年，开始经营小筑，花匠为我在庭园里栽了一棵含笑。是一人来高的灌木，叶小枝多，毫无殊相。可是枝上有累累的褐色花苞，慢慢长大，长到像莲实一样大，颜色变得淡黄，在燠热湿蒸的天气中，突然绽开。不是突然展瓣，是花苞突然裂开小缝，像是美人的樱唇微绽，一缕浓烈的香气荡漾而出。所以名为含笑。那香气带着甜味，英文俗名称为"香蕉灌木"，名虽不雅，确是贴切。宋人陈善《扪虱新话》："含笑有大小，小含笑香尤酷烈。四时有花，唯夏中最盛。又有紫含笑、茉莉含笑。皆以日西入，稍阴则花开。初开香尤扑鼻。予山居无事，每晚凉坐山亭中，忽闻香风一阵，满室郁然，知是含笑开矣。"所记是实。含笑易谢，不待隔日即花瓣敞张，露出棕色花心，香气亦随之散尽。落花狼藉满地，但是翌日又有一批花苞绽开，如是持续很久。淫雨之后，花根积水，遂渐呈枯零之态。急为垫高地基，盖以肥土，以利排水，不久又欣欣向荣，花苞怒放了。

大抵花有色则无香，有香则无色。不知是否上天造物忌全？含笑异香袭人，而了无姿色，在群芳中可独树一格。宋人姚宽《西溪丛语》载"三十客"之说，品藻花之风格，其说曰："予长兄伯声尝得三十客：牡丹为贵客，梅为清客，兰为幽客，桃为妖客，杏为艳客，莲为溪客，木樨为严客，海棠为蜀客……含笑为佞客。"含笑竟得佞客之名，殊难索解。佞有伪善或谄媚之意。含笑芬芳馥郁，何佞之有？我对于含笑特有一份好感，因为本地人喜欢采择未放的含笑花苞，浸以净水，供奉在亡亲灵前或佛龛案上，一瓣心香，情意深远，美极了。有一位送货工友，在我门外就嗅到含笑香，向我乞讨数朵，问以何用，答称新近丧母，欲以献在灵前，我大为感动，不禁鼻酸。

牡　丹

牡丹不是我国特产，好像是传自西方。隋唐以来，始盛播于中土，朝野为之风靡。天宝中，杨贵妃在沉香亭赏木芍药，李白作《清平乐词》三章，有"云想衣裳花想容"之句。木芍药即牡丹。百年之后，裴度退隐，"寝疾永乐里，暮春之月，忽过游南园，令家仆童升至药栏，语：'我不见花而死，可悲也。'怅然而返。明早报牡丹一丛先发，公视之，三日乃薨。"是真所谓牡丹花下死。白居易为钱塘守，携酒赏牡丹，张祜题诗云："浓艳初开小药栏，人人惆怅出长安。风流却是钱塘寺，不踏红尘见牡丹。"刘禹锡《赏牡丹》诗："唯有牡丹真国色，花开时节动京城。"其他诗人吟咏牡丹者不计其数。

周敦颐《爱莲说》："自李唐来，世人盛爱牡丹。……牡丹，花之富贵者也；……牡丹之爱，宜乎众矣。"濂溪先生独爱莲，这也罢了，但是字里行间对于牡丹似有贬义。国色天香好像蒙上了羞。富贵中人和向往富贵的人当然仍是趋牡丹如鹜。许多志行高洁的人就不免要受《爱莲说》的影响，在众芳之中别有所爱而讳言牡丹了。一般人家里没有药栏，也没有盆栽的牡丹，但至少壁上可以悬挂一幅富贵花图。通常是一画就是五朵，而且颜色不同，魏紫姚黄之外再加上绛色的、粉红色的和朱红色的。据说这表示五世其昌。五朵花都是同时在盛开怒放的姿态之中，花蕊暴露，而没有一瓣是萎靡褪色的。同时，还必须多画上几个含苞待放的蓓蕾，表示不会断子绝孙。因此牡丹益发沾染了俗气。

其实，牡丹本身不俗。花大而瓣多，色彩淡雅，黄蕊点缀其间，自有雍容丰满之态。其质地细腻，不但花瓣的纹路细致，而且厚薄适度。叶子的脉理停匀，形状色彩，亦均秀丽可观。最难得的是其近根处的木本，在泡松的木干之中抽出几根，透润的枝条，极有风致。比起芍药不可同日而语。尝看恽南田工笔画的没骨牡丹，只觉其美，不觉其俗，也许因为他不是画给俗人看的。

名花多在寺院中，除了庄严佛土，还可吸引众生前去随喜。苏东坡知杭州，就常到明庆寺吉祥寺赏牡丹，有诗为证。《雨中明庆寺赏牡丹》："霏霏雨露作清妍，烁烁明灯照欲然。明日春阴花未老，故应未忍着酥煎。"末句有典故，五代后蜀有一兵部贰卿李昊，牡丹开时分赠亲友，附兴采酥，于花谢时煎食之。牡丹花瓣裹上面糊，下油煎之，也许有一股清香的味道，犹之菊花可以下火锅，不过究竟有些煞风景。北平崇孝寺的牡丹是有名的，据说也有所谓名士在那里吃油炸牡丹花瓣，饱尝异味。崂山的下清寺，有牡丹高与檐齐，可惜我几度游山不曾有一见的机会。

牡丹娇嫩，怕冷又怕热。东坡说："应笑春风木芍药，丰肌弱骨要人医。"我在故乡曾植牡丹一栏，天寒时以稻草束之，一任冰雪埋覆，来春启之施肥，使根干处通风，要灌水但是也要宜排水。届时花必盛开，似不需特别调护。在中国台湾亦曾参观过一次牡丹展，细小羸弱，全无妖妍之致，可能是时地不宜。

莲

《古乐府》："江南可采莲，莲叶何田田。"不只江南可采莲，凡是有水的地方，大概都可以有莲，除非是太寒冷的地方。"曲院风荷"是西湖十景之一。南京玄武湖里一片荷花，多少人在那里荡小舟，钻进去偷吃莲蓬。可是莲花在北方依然是常见的，济南的大明湖，北平的什刹海，都是"暑日菡萏敷，披风送荷香"的胜地，而北海靠近金鳌玉蝀一带的荷芰，在炎夏时候更是青年男女闹船寻幽谈爱的好地方。

初来中国台湾，一日忽动乡思，想吃一碗荷叶粥，而荷叶不可得。市内公园池塘内有莲花，那是睡莲，非我所欲。后来看到植物园里有一相当大的荷塘，近边处的花和叶都已被人摧折殆尽。有一天做郊游，看见稻田中居然有一塘荷花，停身觅主人请购荷叶，主人不肯收资，举以相赠。回家煮粥，俟熟乘沸以荷叶盖在上面，少顷粥现淡绿色，有香气扑鼻。多余的荷叶弃之可惜，实以米粉肉，裹而蒸之，亦有情趣。其实这也是类似莼鲈之想，慰情聊胜于无而已。

小时家里种了好几大盆荷花。春水既泮，便从温室取出置阳光下，截除烂根细藕，换泥加水，施特殊肥料（车厂出售之修马掌骡掌的角质碎片）。到了夏初，则荷叶突出，荷花挺现，不及池塘里的高大，但亦丰腴可喜。清晨露尚未晞，露珠在荷叶上滚来滚去。静看荷花展瓣，瓣上有细致的纹路，花心露出淡黄的花蕊和秀嫩的莲房，有说不出的一股纯洁之致。而微风过处，茎细而圆大的荷叶，微微摇晃，婀娜多姿，尤为动人。陈造《早夏》诗："凉荷高叶碧田田。"画家写风竹，枝叶披拂，令人如闻风飕飕声，但我尚未见有人画出饶有动态的风荷。

先君甚爱种荷。晨起辄徘徊荷盆间，计数其当日开放之花朵，低吟慢唱，自得其乐。记得有一次折下一枝半开的红莲插入一只仿古蟹爪纹细长素白的胆瓶里，送到书房几上。塾师援笔在瓶上写了"出淤泥而不染，濯清涟而不妖"几个大字，犹如俗匠在白瓷茶壶上题"一片冰心"一般。"花如解语还多事"，何况是陈腐的题句？欲其雅，适得其反。

近闻有人提议定莲花为花莲的县花。这显然是效法美国人之所谓"州花"。广植莲花，未尝不好，赐以封号，似可不必。

辛 夷

辛夷，属木兰科，名称很多，一名新雉，又名木笔，因其花未开时形如毛笔；又名侯桃，因其花苞如小桃，有茸毛。辛夷南北皆有之。王维辋川别墅中即有一处名辛夷坞，有诗为证："木末芙蓉花，山中发红萼。涧户寂无人，纷纷开且落。"北平颐和园的正殿之前有两棵辛夷，花开极盛，但我一向不曾在花时游览，仅于画谱中略识其面貌。蜀中花事素盛，大街小巷辄有花户设摊贩花。二十八年春，我在重庆，一日踱出旅行社招待所，于路隅花摊购得辛夷一大枝，花苞累累有百数十朵，有如叉枝繁多之蜡烛台，向逆旅主人乞得大花瓶一只，注满清水，插花入瓶，置于梳妆台上，台三面有镜，回光交映，一室生春。

辛夷有紫红、纯白两种，纯白者才是名副其实的木笔。而且真像是毛笔头，溜尖溜尖的一个个的笔直地矗立在枝上。细小者如小楷兔毫，稍大者如寸楷羊毫，更大如小型羊毫抓笔。着花时不生叶，赭色枝头遍插白笔头，纯洁无瑕，蔚为奇观。

花开六瓣，瓣厚而实，晨展而夕收，插瓶六七日始谢尽。北碚后山公园有辛夷数十本，高约二丈，红白相间，非常绚烂，我于偕友登小丘时无意中发现之。其处鲜有人去观赏，花开花谢，狼藉委地，没有人管。

美国西雅图市，家家户前芳草如茵，莳花种树，一若争奇斗艳。于篱落间偶然亦可见有辛夷杂于其内。率皆修剪其枝干不令过高。我的寄寓之所，院内也有一棵，而且是不落叶的那一种，一年四季都有绿叶，花开时也有绿叶扶持。比较难于培植，但是花香特别浓郁。有一次我发现一只肥肥大大的蜂卧在花心旁边，近视之则早已僵死。杜工部句："不是爱花即欲死，只恐花尽老相催。"这只蜜蜂莫非是爱花即欲死？来到中国台湾，我尚未见过辛夷。

水　仙

岁朝清供，少不得水仙。记得小时候，一到新春，家人就把大大小小的瓷钵搬了出来，连同里面盛着的小圆石子一起洗刷干净，然后一钵钵地把水仙的鳞茎栽植其中，用石子稳定其根须，注以清水，置诸案头。那些小圆石子，色洁白，或椭圆，或略扁，或大或小，据说是产自南京的雨花台。多少年下来，雨花台的石子被人捡光了，所以家藏的几钵石子就很宝贵。好像比水仙还更被珍惜。为了点缀色彩，石子中间还撒上一些碎珊瑚，红白相间，别有情趣。

　　水仙一花六瓣，作白色；花心副瓣，作黄色，宛然盏样，故有"金盏银台"之称。它怕冷，它要阳光。我们把它放在窗内有阳光处去晒它，它很快地展瓣盛开。天天搬来搬去，天天换水，要小心地伺候它。它有袭人的幽香，它有淡雅的风致。虽是多年生草本，但北地苦寒难以过冬，不数日花开花谢，只得委弃。盛产水仙之地在闽南，其地有专家培植修割，及春则运销各地供人欣赏。英国十七世纪诗人赫立克①看了水仙辄有春光易老之叹，他说：

　　　　人生苦短，和你一样，

　　　　我们的春天一样地短；

　　　　很快地长成，面临死亡

---

① 赫立克：现译作罗伯特·赫里克（1591—1674），英国著名诗人，写有不少清新的田园抒情诗和爱情诗，其中一些作品成为英国诗歌中的名作而永久流传。

和你，和一切，没有两般。

（We have short time to stay, as you,

We have as short a spring；

As quick a growth to meet decay,

As you, or any thing.）

西方的水仙，和我们的品种略异，形色完全一样，而花朵特大，唯香气则远逊。他们不在盆里供养，而是在湖边泽地任其一大片一大片地自由滋生。诗人华兹华斯有一首名诗《我孤独的漂荡像一朵云》，歌咏的就是水边瞥见成千成万朵的水仙花，迎风招展，引发诗人一片欢愉之情而不能自已，而他最大的快乐是日后寂寞之时回想当时情景益觉趣味无穷。我没有到过英国的湖区，但是我在美洲若干公园里看见过成片的水仙，仿佛可以领略到华兹华斯当年的感受。不过西方人喜欢看大片的花丛，我们的文人雅士则宁可一株、一枝、一花、一叶地细细观赏，山谷所云"坐对真成被花恼"，情调完全不同。（《离骚》"余既滋兰之九畹兮，又树蕙之百亩"，我想是想象之词，不可能真有其事。）

在中国台湾，几乎家家户户有水仙点缀春景。植水仙之器皿，花样翻新，奇形怪状，似不如旧时瓷钵之古朴可爱，至于粗糙碎石块代替小圆石，那就更无足论了。

丁 香

提起丁香，就想起杜甫一首小诗：

丁香体柔弱，乱结枝犹垫。

细叶带浮毛，疏花披素艳。

深栽小斋后，庶近幽人占。

晚堕兰麝中，休怀粉身念。

这是他的《江头五咏》之一，见到江畔丁香发此咏叹。时在宝应元年。诗中的"垫"字费解。仇注根据说文："垫，下也。凡物之下坠皆可云垫。"好像是说丁香枝弱，故此下坠。施鸿保《读杜诗说》："下堕义，与犹字不合。今人常语衬垫，若训作衬，则谓子结枝上，犹衬垫也。"施说有见。末两句意义嫌晦，大概是说丁香可制为香料，与兰麝同一归宿，未可视为粉身碎骨之厄。仇注认为是寓意"身名隳于脱节"，《杜臆》亦谓

"公之咏物，俱有为而发，非就物赋物者。……丁香体虽柔弱，气却馨香，终与兰麝为偶，虽粉身甘之，此守死善道者。"似皆失之迂。

丁香结就是丁香蕾，形如钉，长三四分，故云丁香。北地俗人以为"丁""钉"同音，出出入入地碰钉子，不吉利，所以正院堂前很少种丁香，只合"深栽小斋后"了。二十四年春我在北平寓所西跨院里种了四棵紫丁香。"白蒄蒢香，紫丁香肥。"丁香要紫的。起初只有三四尺高。十年后重来旧居，四棵高大的丁香打成一片，一半翻过了墙垂到邻家，一半斜坠下来挡住了我从卧室走到书房的路。这跨院是我的小天地，除了一条铺砖的路和一个石几两个石墩之外，本来别无长物，如今三分之二的空间付与了丁香。春暖花开的时候招蜂引蝶，满院香气四溢，尽是嘤嘤嗡嗡之声。又隔三十年，现在丁香如果无恙，不知谁是赏花人了。

兰

兰花品种繁多。所谓洋兰（卡特丽亚），顾名思义是外国来的品种，尽管花朵大，色彩鲜艳，我总觉得我们应该视如外宾，不但不可亵玩，而且不耐长久观赏。我们看一朵花，还要顾及它在我们文化历史上的渊源，这样才能引起较深的情愫。看花要如遇故人，多少旧事一齐兜上心来。在中国台湾，洋兰却大得其道，花展中姹紫嫣红大半是洋兰的天下，态浓意远的丽人出入"贵宾室"中，衣襟上佩戴的也多半是洋兰。我喜欢品赏的是我们中国的兰。

我是北方人，小时不曾见过兰。只从《芥子园画谱》上学得东一撇西一撇地画成为一个凤眼，然后再加一笔破凤眼。稍长，友人从福建捧着一盆兰花到北平，不但真的是捧着，而且给兰花特制一个木条笼子，避免沿途磕碰。我这才真个地见到了兰，素心兰。这个名字就雅，令人想起陶诗的句子"闻多素心人，乐与数晨夕"。花心是素的，花瓣也是素的，素白之中微泛一点绿意。面对素心兰，不禁联想到"弱不好弄，长实素心"的高士。兰的香味不是馥郁，是若有若无的缕缕幽香。讲到品格，兰的地位极高。我们常说"桂馥兰馨"，其实桂香太甜太浓，尚不能与兰相比。

来到中国台湾，我大开眼界。友人中颇有几位善于艺兰，所以我的窗前几上，有时候叨光也居然兰蕊驰馨。尝有客款扉，足尚未入户，就大叫起来："君家有素心兰耶？"这位朋友也是素心人，我后来给他送去一盆素心兰。我所有的几盆兰，不数年分植为数十盆，乃于后院墙角搭起一丈见方的小棚，用疏隔的竹篾遮覆以避骄阳直晒，竹篾上面加铺玻璃以防淫雨，因此还招致了"违章建筑"的罪名，几乎被报请拆除。竹篾上的玻璃引起了墙外行人的注意，不久就有半大不小的各色人物用砖石投掷，大概是因为玻璃破碎之声清脆悦耳之故。小棚因此没有能持久，跟着我的数十盆兰花也渐渐地支离破碎了。和我望衡对宇的是胡伟克先生，我发现他家里廊上、阶前、墙头、树下，到处都是兰花，大部分是洋兰，素心兰也有，而且他有一间宽大的温室，里面也堆满了兰花。胡先生有一只工作台子，上面放着显微镜，他用科学方法为兰花品种做新的交配，使兰花长得更肥，色泽更为鲜艳多姿。他的兰花在千盆以上。我听他的夫人抱怨："为了这些劳什子，我的手指都磨粗了。"我经常看见一车一车的盛开的兰花从他门前运走。他的家不仅是芝兰之室，真是芝兰工厂。

兰本来是来自山间，有苔藓覆根，雨露滋润，不需要什么肥料。移在盆里，它所需要的也只是适量的空气和水，盆里不可用普通的泥土，最好是用木炭、烧过的黏土、缸瓦碎片的三种混合物，取其通空气而易排水。也有人主张用沙、桂圆树皮、蛇木屑、木炭、碎石子混拌，然后每隔三个月用（NH_4）$_2SO_4$+KCE 液羼水喷洒一次。叶子上生虫也需勤加拂拭。总之，兰来自幽谷，在案头供养是不大自然的，要小心伺候了。

菊

花事至菊而尽，故曰蘜，蘜是菊之本字。蘜者，尽也。"兰有秀兮菊有芳，怀佳人兮不能忘。"这是汉武帝看着时光流转，自春徂秋，由花事如锦到花事阑珊，借着秋风而发的歌咏。菊和九月的关系密切，故九月被称为菊月，或称为菊秋，重阳日或径称为菊节。是日也，饮菊花茶，设菊花宴，还可以准备睡菊花枕，百病不生；平素饮菊潭水，可以长生到一百多岁。没有一种花比菊花和人的关系打得更火热。

自从陶渊明"采菊东篱下"之后，菊就代表一种清高的风格，生长在篱笆旁边，自然也就带着儿分野趣。吕东莱的句子"短篱残菊一枝黄，正是乱山深处过重阳"，是很好的写照。经人工加以培养，菊好像是变了质。宋《乾淳岁时记》："禁中例于八日作重九排当，于庆瑞殿分列万菊，灿然炫眼，且点菊灯，略如元夕。"这是在殿堂之上开菊展，当然又是一种情况。

菊是多年生草本，摘下幼枝插在土里就活。曩昔在北平家园中，一年之内曾繁殖数十盆，竟以秽恶之粪土培养之，深觉戚戚然于心未安。幼苗长大之后，枝弱不能挺立，则竖细竹竿或秫秸以为支撑，并标以红纸签，写上"绿云""紫玉""蟹爪""小白梨"……奇奇怪怪的名称。一盆一盆地放在"兔儿爷摊子"上（一排比一排高的梯形架），看上去一片花朵，闹则闹矣，但是哪能令人想到一丝一毫的"元亮遗风"？

中国台湾艺菊之风很盛，但是似乎不取其清瘦，而爱其痴肥。每一盆菊都修剪成独花孤挺，叶子的正面反面经常喷药，讲究从根到顶每片叶子都是肥大绿光，顶上的一朵花盛开时直像是特大的馒头一个，胖胖大大的，需要铁丝做盘撑托着它。千篇一律，朵朵如此。当然是很富态相。"帘卷西风，人比黄花瘦"，那时的黄花，一定不像如今的这样肥。

玫 瑰

玫瑰，属蔷薇科。唐朝有一位徐寅，作过一首咏玫瑰的诗：

芳菲移自越王台，最似蔷薇好并栽。

秾艳尽怜胜彩绘，嘉名谁赠作玫瑰。

春藏锦绣风吹折，天染琼瑶日照开。

为报朱衣早邀客，莫教零落委苍苔。

　　诗不见佳，但是让我们知道在唐朝玫瑰即已成了吟咏的对象。《群芳谱》说："花亦类蔷薇，色淡紫，青萼黄蕊，瓣末白，娇艳芬馥，有香有色，堪入茶、入酒、入蜜。"这玫瑰，是我们固有品种的玫瑰，花朵小，红得发紫，香味特浓。可以熏茶，可以调酒（玫瑰露），可以做蜜汁（玫瑰木樨）。娇小玲珑，惹人怜爱。玫瑰多刺，被人视若蛇蝎，其实玫瑰何辜，它本不预备供人采摘。《三十客》列玫瑰为"刺客"，也是冤枉的。

　　外国的蔷薇品种不一，亦统称为玫瑰。常见有高至五六尺以上者，俨然成一小树，花朵肥大，除了深绯浅红者外，还有黄色的，别有风致。也有蔓生的一种，沿着篱笆墙壁伸展，可达一二丈外。白色的尤为盛旺。我有朋友蛰居台中，莳花自遣，曾贻我海外优良品种之玫瑰数本，我悉心培护，施以舶来之"玫瑰食粮"，果然绰约妩媚不同凡响，不过气候土壤皆不相宜，越年逐渐凋萎。园林有玫瑰专家，我曾专诚探访，畦圃广阔，洋洋大观，唯几乎全是外来品种，绚烂有余，韵味不足。求其能入茶入酒入蜜者，竟不可得，乃废然返。

不亦快哉

金圣叹作《三十三不亦快哉》，快人快语，读来亦觉快意。不过快意之事未必人人尽同，因为观点不同时势有异。就观察所及，试编列若干则如下：

其一，晨光熹微之际，人牵犬（或犬牵人），徐步红砖道上，呼吸新鲜空气，纵犬奔驰，任其在电线杆上或新栽树上便溺留念，或是在红砖上排出一摊狗屎以为点缀。庄子曰：道在屎溺。大道无所不在，不简秽贱，当然人犬亦应无所差别。人因散步而精神爽，犬因排泄而一身轻，而且可以保持自己家门以内之环境清洁，不亦快哉！

其一，烈日下彳亍道上，口燥舌干，忽见路边有卖甘蔗者，急忙买得两根，一手挥舞，一手持就口边，才咬一口即入佳境，随走随嚼，旁若无人，蔗滓随嚼随吐。人生贵适意，兼可为"你丢我捡"者制造工作机会，潇洒自如，不亦快哉！

其一，早起，穿着有条纹的睡衣裤，趿着凉鞋，抱红泥小火炉置街门外，手持破蒲扇，对着火炉徐徐扇之，俄而浓烟上腾，火星四射，直到天地氤氲，一片模糊。烟火中人，谁能不事炊爨？这是表示国泰民安，有米下锅，不亦快哉！

其一，天近黎明，牌局甫散，匆匆登车回府。车进巷口距家门尚有三五十码之处，任司机狂按喇叭，其声呜呜然，一声比一声近，一声比一声急，门房里有人竖着耳朵等候这听惯了的喇叭声已久，于是在车刚刚开到之际，两扇黑漆大铁门呀然而开，然后又訇的一声关闭。不费吹灰之力就使得街坊四邻霍然惊醒，翻个身再也不能入睡，只好瞪着大眼等待天明。轻而易举地执行了鸡司晨的职务，不亦快哉！

其一，放学回家，精神愉快，一路上和伙伴们打打闹闹，说说笑笑，尚不足以畅叙幽情，忽见左右住宅门前都装有电铃，铃虽设而常不响，岂不形同虚设，于是举臂舒腕，伸出食指，在每个纽上按戳一下。随后，就有人仓皇应门，有人倒屣而出，有人厉声斥问，有人伸颈探问而瞠目结舌。躲在暗处把这些现象尽收眼底，略施小技，无伤大雅，不亦快哉！

其一，隔着墙头看见人家院内有葡萄架，结实累累，虽然不及"草龙珠"那样圆，"马乳"那样长，"水晶"那样白，看着纵不流涎三尺，亦觉手痒。爬上墙头，用竹竿横扫之，狼藉满地，损人而不利己，索性呼朋引类乘昏夜越墙而入，放心大胆，各尽所能，各取所需，饱餐一顿。松鼠偷葡萄，何须问主人，不亦快哉！

其一，通衢大道，十字路口，不许人行。行人必须上天桥，下地道，岂有此理！豪杰之士不理会这一套，直入虎口，左躲右闪，居然波罗蜜多达彼岸，回头一看天桥上黑压压的人群犹在蠕动，路边的警察戟指大骂，暴躁如雷，而无可奈我何。这时节颔首示意，报以微笑，扬长而去，不亦快哉！

其一，宋周紫芝《竹坡诗话》："有一人，极廉介，一日有家问，即令灭官烛，取私烛阅书；阅毕，命秉官烛如初。"做官的人迂腐若是，岂不可嗤！衙门机关皆有公用之信纸信封，任人领用，便中抓起一叠塞入公事包里，带回家去，可供写私信、发请柬、寄谢帖之用，顺手牵羊，取不伤廉，不亦快哉！

其一，逛书肆，看书展，琳琅满目，真是到了琅嬛福地。趁人潮拥挤看守者穷于肆应之际，纳书入怀，携归细赏，虽蒙贼名，不失为雅，不亦快哉！

其一，电话铃响，错误常居什之二三，且常于高枕而眠之时发生，而其人声势汹汹，了无歉意，可恼可恼。在临睡之前或任何不欲遭受干扰的时间，把电话机翻转过来，打开底部，略做手脚，使铃变得喑哑。如是则电话可以随时打出去，而外面无法随时打进来，主动操之于我，不亦快哉！

其一，生儿育女，成凤成龙，由大学卒业，而漂洋过海，而学业有成，而落户定居，而缔结良缘。从此螽斯衍庆，大事已毕，允宜在报端大刊广告，红色套印，敬告诸亲友，兼令天下人闻知，光耀门楣，不亦快哉！

2

第 2 章

愿你老来
无事饱加餐

美味当前，固然馋涎欲滴，即使闲来无事，
馋虫亦在咽喉中抓挠，迫切地需要一点什么以
膏馋吻。

蟹

蟹是美味，人人喜爱，无间南北，不分雅俗。当然我说的是河蟹，不是海蟹。在中国台湾有人专程飞到香港去吃大闸蟹。好多年前我的一位朋友从香港带回了一篓螃蟹，分飨了我两只，得膏馋吻。蟹不一定要大闸的，秋高气爽的时节，大陆上任何湖沼溪流，岸边稻米高粱一熟，率多盛产螃蟹。在北平，在上海，小贩担着螃蟹满街吆唤。

七尖八团，七月里吃尖脐（雄），八月里吃团脐（雌），那是蟹正肥的季节。记得小时候在北平，每逢到了这个季节，家里总要大吃几顿，每人两只，一尖一团。照例通知长发送五斤花雕全家共饮。有蟹无酒，那是大煞风景的事。《晋书·毕卓传》："右手持酒杯，左手持蟹螯，拍浮酒船中，便足了一生矣！"我们虽然没有那样狂，也很觉得乐陶陶了。

母亲对我们说，她小时候在杭州家里吃螃蟹，要慢条斯理，细吹细打，一点蟹肉都不能糟蹋，食毕要把破碎的蟹壳放在戥子^①上称一下，看谁的一份儿分量轻，表示吃得最干净，有奖。我心粗气浮，没有耐心，蟹的小腿部分总是弃而不食，肚子部分囫囵略咬而已。每次食毕，母亲教我们到后院采择艾尖一大把，搓碎了洗手，去腥气。

在餐馆里吃"炒蟹肉"，南人称炒蟹粉，有肉有黄，免得自己剥壳，吃起来痛快，味道就差多了。西餐馆把蟹肉剥出来，填在蟹匡里（蟹匡即蟹壳）烤，那种吃法别致，也索然寡味。食蟹而不失原味的唯一方法是放在笼屉里整只地蒸。在北平吃螃蟹唯一好去处是前门外肉市正阳楼。他家的蟹特大而肥，从天津运到北平的大批蟹，到车站开包，正阳楼先下手挑拣其中最肥大者，比普通摆在市场或担贩手中者可以大一倍有余，我不知道他是怎样获得这一特权的。蟹到店中畜在大缸里，浇鸡蛋白催肥，一两天后才应客。我曾掀开缸盖看过，满缸的蛋白

---

① 戥子（děng zi）：测定贵重物品或某些药品重量的小秤，构造和原理跟杆秤相同，盛物体的部分是一个小盘子，最大计量单位是两，小到分或厘。

泡沫。食客每人一份小木槌小木垫，黄杨木制，旋床子定制的，小巧合用，敲敲打打，可免牙咬手剥之劳。我们因为是老主顾，伙计送了我们好几副这样的工具。这个伙计还有一个绝招，能吃活蟹，请他表演他也不辞。他取来一只活蟹，两指掐住蟹匡，任它双螯乱舞，轻轻把脐掰开，咔嚓一声把蟹壳揭开，然后扯碎入口大嚼。看得人无不心惊。据他说味极美，想来也和吃炝活虾差不多。在正阳楼吃蟹，每客一尖一团足矣，然后补上一碟烤羊肉夹烧饼而食之，酒足饭饱。别忘了要一碗氽大甲，这碗汤妙趣无穷，高汤一碗煮沸，投下剥好了的蟹螯七八块，立即起锅注在碗内，撒上芫荽末、胡椒粉和切碎了的回锅老油条。除了这一味氽大甲，没有任何别的羹汤可以压得住这一餐饭的阵脚。以蒸蟹始，以大甲汤终，前后照应，犹如一篇起承转合的文章。

蟹黄蟹肉有许多种吃法，烧白菜、烧鱼唇、烧鱼翅，都可以。蟹黄烧卖则尤其可口，唯必须真有蟹黄蟹肉放在馅内才好，不是一两小块蟹黄摆在外面做样子的。蟹肉可以腌后收藏起来，是为蟹胥，俗名为蟹酱，这是我们古已有之的美味。《周礼·天官·庖人》注："青州之蟹胥。"青州在山东，我在山东住过，却不曾吃过青州蟹胥，但是我有一位家在芜湖的同学，他从家乡带了一小坛蟹酱给我。打开坛子，黄澄澄的蟹油一层，香气扑鼻。一碗阳春面，加进一两匙蟹酱，岂止是"清水变鸡汤"？

　　海蟹虽然味较差，但是个子粗大，肉多。从前我乘船路过烟台威海卫，停泊之后，舢板云集，大半是贩卖螃蟹和大虾的。都是煮熟了的。价钱便宜，买来就可以吃。虽然微有腥气，聊胜于无。生平吃海蟹最满意的一次，是在美国华盛顿州的安哲利斯港①的码头附近，买得两只巨蟹，硕大无朋，从冰柜里取出，却十分新鲜，也是煮熟了的，一家人乘等候轮渡之便，在车上分而食之，味甚鲜美，和河蟹相比各有千秋，这一次的享受至今难忘。

　　陆放翁诗："磊落金盘荐糖蟹。"我不知道螃蟹可以加糖。可是古人记载确有其事。《清异录》："炀帝幸江州，吴中贡糖蟹。"《梦溪笔谈》："大业中，吴郡贡蜜蟹二千头。……又何胤嗜糖蟹。大抵南人嗜咸，北人嗜甘，鱼蟹加糖蜜，盖便于北俗也。"如今北人没有这种风俗，至少我没有吃过甜螃蟹，我只吃过南人的醉蟹，真咸！螃蟹蘸姜醋，是标准的吃法，常有人在醋里加糖，变成酸甜的味道，怪！

――――――――――

① 安哲利斯港：现译作安吉利斯港，位于美国西北胡安得富卡海岸南岸，临近太平洋。

栗 子

栗子以良乡的为最有名。良乡县在河北，北平的西南方，平汉铁路线上。其地盛产栗子。然栗树北方到处皆有，固不必限于良乡。

我家住在北平大取灯胡同的时候，小园中亦有栗树一株，初仅丈许，不数年高二丈以上，结实累累。果苞若刺猬，若老鸡头，遍体芒刺，内含栗两三颗。熟时不摘取则自行坠落，苞破而栗出。捣碎果苞取栗，有浆液外流，可做染料。后来我在崂山上看见过巨大的栗子树，高三丈以上，果苞落下狼藉满地，无人理会。

在北平，每年秋节过后，大街上几乎每一家干果子铺门外都支起一个大铁锅，翘起短短的一截烟囱，一个小利巴挥动大铁铲，翻炒栗子。不是干炒，是用沙炒，加上糖使沙结成大大小小的粒，所以叫作糖炒栗子。烟煤的黑烟扩散，哗啦哗啦的翻炒声，间或有栗子的爆炸声，织成一片好热闹的晚秋初冬的景致。孩子们没有不爱吃栗子的，几个铜板买一包，草纸包起，用麻茎儿捆上，热乎乎的，有时简直是烫手热，拿回家去一时舍不得吃完，藏在被窝垛里保温。煮咸水栗子是另一种吃法。在栗子上切十字形裂口，在锅里煮，加盐。栗子是甜滋滋的，加上咸，别有风味。煮时不妨加些八角之类的香料。冷食热食均佳。但是最妙的是以栗子做点心。北平西车站食堂是有名的西餐馆，所制"奶油栗子面儿"，或称"奶油栗子粉"，实在是一绝。栗子磨成粉，就好像花生粉一样，干松松的，上面浇大量奶油。所谓奶油就是打搅过的奶油。用小勺取食，味妙无穷。奶油要新鲜，打搅要适度，打得不够稠固然不好吃，打过了头却又稀释了。东安市场的中兴茶楼和国强西点铺后来也仿制，工料不够水准，稍形逊色。北海仿膳之栗子面小窝头，我吃不出栗子味。

杭州西湖烟霞岭下翁家山的桂花是出名的，尤其是满家弄，不但桂花特别地香，而且桂花盛时栗子正熟，桂花煮栗子成了路边小店的无上佳品。徐志摩告诉我，每值秋后必去访桂，吃一碗煮栗子，认为是一大享受。有一年他去了，桂花被雨摧残净尽，他感而写了一首诗《这年头活着不易》。

十几年前在西雅图海滨市场闲逛，出得门来忽闻异香，遥见一意大利人推小车卖炒栗。论个卖——五角钱一个，我们一家六口就买了六颗，坐在车里分而尝之。如今我们这里到冬天也有小贩卖"良乡栗子"了。韩国进口的栗子大而无当，并且糊皮，不足取。

面　条

面条，谁没吃过？但是其中大有学问。

北方人吃面讲究吃抻面。抻，音（chēn），用手拉的意思，所以又称为拉面。用机器压切的面曰切面，那是比较晚近的产品，虽然产制方便，味道不大对劲。

我小时候在北京，家里常吃面，一顿饭一顿面是常事，面又常常是面条。一家十几口，面条由一位厨子供应，他的本事不小。在夏天，他总是打赤膊，拿大块和好了的面团，揉成一长条，提起来拧成麻花形，滴溜溜地转，然后执其两端，上上下下地抖，越抖越长，两臂伸展到无可再伸，就把长长的面条折成双股，双股再拉，拉成四股，四股变成八股，一直拉下去，拉到粗细适度为止。在拉的过程中不时地在撒了干面粉的案子上重重地摔，使粘上干面，免得粘了起来。这样的拉一把面，可供十碗八碗。一把面抻好投在沸滚的锅里，马上抻第二把面，如是抻上两三把，差不多就够吃的了，可是厨子累得一头大汗。我常站在厨房门口，参观厨子表演抻面，越夸奖他，他越抖神，眉飞色舞，如表演体操。面和得不软不硬，像牛筋似的，两胳膊若没有一把子力气，怎行？

面可以抻得很细。隆福寺街灶温，是小规模的二荤铺，他家的拉面真是一绝。拉得像是挂面那样细，而吃在嘴里利利落落。在福全馆吃烧鸭，鸭架装打卤，在对门灶温叫几碗一窝丝，真是再好没有的打卤面。自己家里抻的面，虽然难以和灶温的比，也可以抻得相当标准。也有人喜欢吃粗面条，可以粗到像是小指头，筷子夹起来扑棱扑棱的像是鲤鱼打挺。本来抻面的妙处就是在于那一口咬劲儿，多少有些韧性，不像切面那样的糟，其原因是抻得久，把面的韧性给抻出来了。要吃过水儿面，把煮熟的面条在冷水或温水里涮一下；要吃锅里挑，就不过水，稍微黏一点，各有风味。面条儿宁长勿短，如嫌太长可以拦腰切一两刀再下锅。寿面当然是越长越好。曾见有人用切面做寿面。也许是面搁久了，也许是煮过火了，上桌之后，当众用筷子一挑，肝肠寸断，窘得下不了台！

其实面条本身无味，全凭调配得宜。我见识谫陋[①]，记得

———————————

① 谫陋：浅陋。指见识贫乏，见闻不广。

在抗战初年，长沙尚未经过那次大火，在天心阁吃过一碗鸡火面，印象甚深。首先是那碗，大而且深，比别处所谓"二海"容量还要大些，先声夺人。那碗汤清可见底，表面上没有油星，一抹面条排列整齐，像是美人头上才梳拢好的发蓬，一根不扰。大大的几片火腿鸡脯摆在上面。看这模样就觉得可人，味还差得了？再就是离成都不远的牌坊面，远近驰名，别看那小小一撮面，七八样佐料加上去，硬是要得，来往过客就是不饿也能连罄五七碗。我在北碚的时候，有一阵子诗人尹石公做过雅舍的房客，石老是扬州人，也颇喜欢吃面，有一天他对我说："李笠翁《闲情偶寄》有一段话提到汤面深获我心，他说味在汤里而面索然寡味，应该是汤在面里然后面才有味。我照此原则试验已得初步成功，明日再试敬请品尝。"第二天他果然市得小小蹄髈，细火炮烂，用那半锅稠汤下面，把汤耗干为度，蹄髈的精华乃全在面里。

我是从小吃炸酱面长大的。面一定是自抻的，从来不用切面。后来离乡外出，没有厨子抻面，退而求其次，家人自抻小条面，供三四人食用没有问题。用切面吃炸酱面，没听说过。四色面码，一样也少不得，掐菜、黄瓜丝、萝卜缨、芹菜末。

烙 饼

饼而曰烙，可知不是煎，不是炸，不是烤，更不是蒸。烙饼的锅曰铛，在这里音撑，差亨切①，阴平声②。铛是平底锅，通常无足无耳无柄，大小不一定。铛是铁打的，相当的厚重，不容易烧热，可是烧热了也不容易凉，最适宜于烙饼。洋式的带柄的平底锅，也可以用来烙饼，而且小巧灵便，但是铝合金制的锅究竟传热太快冷却也太快，控制温度麻烦，不及我们的铛。

———————————

① 差亨切：取"差"的声母"Ch"与"亨"的韵母"eng"相拼，即"Cheng"。这是一种注音方式，名为反切。
② 阴平声：即一声。

烙饼需要和面。和面不简单。没有触摸过白案子，初次和面，大概会弄得一塌糊涂，无有是处。烙饼需用热水和面，不是滚开的沸水，沸水和面就变成烫面了。用热水和面是取其和出来软。和好了面不能立刻烙，要容它"醒"一段时间。这段时间可长可短，看情形而定。

如果做家常饼，手续最简单。家常饼是薄薄的，里面的层次也不需太多，表面上更不需刷油，烙出来白磁糊裂的，只要相当软和就成。在北平懒婆娘自己不动手，可以到胡同口外蒸锅铺油盐店之类的地方去定制，论斤卖。一斤面大概可以烙不大不小的四张。北方人贫苦，如果有两张家常饼，配上一盘摊鸡蛋（鸡蛋要摊成直径和饼一样大的两片），把蛋放在饼上，卷起来，竖立之，双手扶着，张开大嘴，左一口，右一口，中间再一口，那简直是无与伦比的一顿丰盛大餐。

孩子想吃甜食，最方便莫如到蒸锅铺去烙几张糖饼，黑糖和芝麻酱要另外算钱，事前要讲明几个铜板的黑糖，几个铜板的芝麻酱。烙饼里夹杂着黑糖和芝麻酱，趁热吃，那份香无法形容。我长大之后，自己在家中烙糖饼，乃加倍地放糖，加倍地放芝麻酱，来弥补幼时之未能十分满足的欲望。

葱油饼到处都有，但是真够标准的还是要求之于家庭主妇。北方善烹饪的家庭主妇，做法细腻，和一般餐馆之粗制滥造不同。一般餐馆所制，多患油腻。在山东，许多处的葱油饼是油炸的，焦黄的样子很好看，吃上一块两块就消受不了。在此处颇有在饼里羼味精的，简直是不可思议。标准的葱油饼要层多，葱多，而油不太多。可以用脂油丁，但是要少放。要层多，则擀面要薄，多卷两次再加葱。葱花要细，要九分白一分绿。撒盐要匀。锅里油要少，锅要热而火要小。烙好之后，两手拿饼直立起来在案板上戳打几下，这个小动作很重要，可以把饼的层次戳松。葱油饼太好吃，不需要菜。

清油饼实际上不是饼，是细面条盘起来成为一堆，轻轻压按使成饼形，然后下锅连煎带烙，成为焦黄的一坨。外面的脆硬，里面的还是软的。山东馆子最善此道。我认为最理想的吃法，是每人一个清油饼，然后一碗烩虾仁或烩两鸡丝，分浇在饼上。

火　腿

　　从前北方人不懂吃火腿，嫌火腿有一股陈腐的油腻涩味，也许是不善处理，把"滴油"一部分未加削裁就吃下去了，当然会吃得舌矫不能下，好像舌头要粘住上膛一样。有些北方人见了火腿就发怵，总觉得没有清酱肉爽口。后来许多北方人也能欣赏火腿，不过火腿究竟是南货，在北方不是顶流行的食物。道地的北方餐馆做菜配料，绝无使用火腿，永远是清酱肉。事实上，清酱肉也的确很好，我每次作江南游总是携带几方清酱肉，分馈亲友，无不赞美。只是清酱肉要输火腿特有的一段香。

　　火腿的历史且不去谈它。也许是宋朝大破金兵的宗泽于无意中所发明。宗泽是义乌人，在金华之东。所以直到如今，凡火腿必曰金华火腿。东阳县亦在金华附近，《东阳县志》云："熏蹄，俗谓火腿，其实烟熏，非火也。腌晒熏将如法者，果胜常品，以所腌之盐必台盐，所熏之烟必松烟，气香烈而善入，制之及时如法，故久而弥旨。"火腿制作方法亦不必细究，总之手续及材料必定很有考究。东阳上蒋村蒋氏一族大部分以制火腿为业，故"蒋腿"特为著名。金华本地常不能吃到好的火腿，上品均已行销各地。

我在上海时，每经大马路，辄至天福市得熟火腿四角钱，店员以利刃切成薄片，瘦肉鲜明似火，肥肉依稀透明，佐酒下饭为无上妙品。至今思之犹有余香。

一九二六年冬，某日吴梅先生宴东南大学同人于南京北万全，予亦叨陪。席间上清蒸火腿一色，盛以高边大瓷盘，取火腿最精部分，切成半寸见方高寸许之小块，二三十块矗立于盘中，纯由醇酿花雕蒸制熟透，味之鲜美无与伦比。先生微酡，击案高歌，盛会难忘，于今已有半个世纪有余。

抗战时，某日张道藩先生召饮于重庆之留春坞。留春坞是云南馆子。云南的食物产品，无论是萝卜或是白菜都异常硕大，猪腿亦不例外。故云腿通常均较金华火腿为壮观，脂多肉厚，虽香味稍逊，但是做叉烧火腿则特别出色。留春坞的叉烧火腿，大厚片烤熟夹面包，丰腴适口，较湖南馆子的蜜汁火腿似乎尤胜一筹。

中国台湾气候太热，不适于制作火腿，但有不少人仿制，结果不是粗制滥造，便是腌晒不足急于发售，带有死尸味；幸而无尸臭，亦是一味死咸，与"家乡肉"无殊。逢年过节，常收到礼物，火腿是其中一色。即使可以食用，其中那根大骨头很难剔除，运斤猛斫，可能砍得稀巴烂而骨尚未断，我一见火腿便觉束手无策，廉价出售不失为一办法，否则只好央由菁清持往熟识商店请求代为肢解。

有人告诉我，整只火腿煮熟是有诀窍的。将以整只火腿浸泡水中三数日，每日换水一二次，然后刮磨表面油渍，然后用凿子挖出其中的骨头（这层手续不易），然后用麻绳紧紧捆绑，下锅煮沸二十分钟，然后以微火煮两小时，然后再大火煮沸，取出冷却，即可食用。像这样繁复的手续，我们哪得工夫？不如买现成的火腿吃（台北有两家上海店可以买到），如果买不到，干脆不吃。

有一次得到一只真的金华火腿，瘦小坚硬，大概是收藏有年。菁清持往熟识商肆，老板奏刀，"砉"的一声，劈成两截。他怔住了，鼻孔翕张，好像是嗅到了异味，惊叫："这是道地的金华火腿，数十年不闻此味矣！"他嗅了又嗅不忍释手，他要求把爪尖送给他，结果连蹄带爪都送给他了。他说回家去要好好炖一锅汤吃。

　　美国的火腿，所谓 ham，不是不好吃，是另一种东西。如果是现烤出来的大块火腿，表皮上烤出凤梨似的斜方格，趁热切大薄片而食之，亦颇可口，唯不可与金华火腿同日而语。"弗吉尼亚火腿^①"则又是一种货色，色香味均略近似金华火腿，去骨者尤佳，常居海外的游子，得此聊胜于无。

---

① 弗吉尼亚火腿：即产于美国弗吉尼亚州的一种火腿。弗吉尼亚州盛产花生，给猪喂食花生后，发现吃了花生的猪，肉质鲜美，制成火腿后有坚果的香气。

鱼　翅

鱼翅通常是酒席上的一道大菜。有红烧的，有清汤的，有垫底的（三丝底），有不垫底的。平平浅浅的一大盘，每人轮上一筷子也就差不多可以见底了。我有一位朋友，笃信海味必需加醋，一见鱼翅就连呼侍者要醋，侍者满脸的不高兴，等到一小碟醋送到桌上，盘里的鱼翅早已不见踪影。我又有一位朋友，他就比较聪明，随身自带一小瓶醋，随时掏出应用。

鱼翅就是鲨鱼（鲛）的鳍，脊鳍、胸鳍、腹鳍、尾鳍。外国人是弃置不用的废物，看见我们视为席上之珍，传为笑谈。尾鳍比较壮大，最为贵重，内行人称之为"黄鱼尾"。抗战期间四川北碚厚德福饭庄分号，中了敌机投下的一弹，店毁人亡，调货狼藉飞散，事后捡回物资包括黄鱼尾二三十块，暂时堆放舍下。我欲取食，无从下手。因为鱼翅是干货，发起来好费手脚。即使发得好，烹制亦非易事，火候不足则不烂，火候足可又怕缩成一团。其中有诀窍，非外行所能为。后来我托人把那二三十块鱼翅带到昆明分号去了。

北平饭庄餐馆鱼翅席上的鱼翅，通常只是虚应故事，选材不佳，火候不到，一根根的脆骨剑拔弩张的样子，吃到嘴里扎扎呼呼。下焉者翅须细小，芡粉太多，外加陪衬的材料喧宾夺主，黏糊糊的像一盘糨糊。远不如到致美斋点一个"砂锅鱼翅"，所用材料虽非上选的排翅，但也不是次货，妙在翅根特厚，味道介乎鱼翅鱼唇之间，下酒下饭，两全其美。东安市场里的润明楼也有"砂锅翅根"，锅较小，翅根较碎，近于平民食物，比我们中国台湾食摊上的鱼翅羹略胜一筹而已。唐鲁孙先生是饮食名家，在《吃在北平》文里说："北方馆子可以说不会做鱼翅，所以也就没有什么人爱吃鱼翅，但是南方人可就不同了，讲究吃的主儿十有八九爱吃翅子，祯元馆为迎合顾客心理，请了一位南方大师傅擅长烧鱼翅。不久，祯元馆的'红烧翅根'，物美价廉，就大行其道，每天只做五十碗卖完为止。"确是实情。

最会做鱼翅的是广东人，尤其是广东的富户人家所做的鱼翅。谭组庵先生家的厨师曹四做的鱼翅是出了名的，他的这一项手艺还是来自广东。据叶公超先生告诉我，广东的富户几乎家家拥有三房四妾，每位姨太太都有一两手烹调绝技，每逢老爷请客，每位姨太太亲操刀俎，使出浑身解数，精制一两样菜色，凑起来就是一桌上好的酒席，其中少不了鱼翅鲍鱼之类。他的话不假，因为番禺叶氏就是那样的一个大户人家。北平的"谭家菜"，与谭组庵无关，谭家菜是广东人谭篆青家的菜。谭在平绥路做事。谭家在西单牌楼机织卫，普普通通的住宅房子，院子不大，书房一间算是招待客人的雅座。每天只做两桌菜，约需十天前预定。最奇怪的是每桌要为主人谭君留出次座，表示他不仅是生意人而已，他也要和座上的名流贵宾应酬一番。不过这一规定到了抗战前几年已不再能维持。"谈笑有鸿儒"的场面难得一见了。鱼翅确实是做得出色，大盘子，盛得满，味浓而不见配料，而且煨得酥烂无比。当时的价钱是百元一桌。也是谭家的姨太太下厨。

吃鱼翅于红烧清蒸之外还有干炒的一法，名为"木樨鱼翅"，余三十八年夏初履中国台湾，蒙某公司总经理的"便饭"招待，第一道菜就是木樨鱼翅，所谓木樨即鸡蛋之别名。撕鱼翅为细丝，裹以鸡蛋拌匀，入油锅爆炒，炒得松松泡泡，放在盘内堆成高高的一个尖塔，每人盛一两饭盘，像吃蛋炒饭一般而大嚼。我吃过木樨鱼翅，没见过这样大量的供应，所以印象很深。

鱼翅产自中国广东以及日本、印度等处，但是中国台湾也产鱼翅。大家只知道本省的前镇与茄萣两渔港是捕获乌鱼加工的地方，不知也是鱼翅的加工中心。在那里有大批的煮熟的鱼翅摊在地上晒。大翅一斤约值五百到一千元。本地菜市出售的发好了的鱼翅都是本地货。

烧　鸭

北平烤鸭，名闻中外。在北平不叫烤鸭，叫烧鸭，或烧鸭子，在口语中加一"子"字。

《北平风俗杂咏》严辰《忆京都词》十一首，第五首云：

忆京都·填鸭冠寰中

烂煮登盘肥且美，

加之炮烙制尤工。

此间亦有呼名鸭，

骨瘦如柴空打杀。

严辰是浙人，对于北平填鸭之倾倒，可谓情见乎词。

北平苦旱，不是产鸭盛地，唯近在咫尺之通州得运河之便，渠塘交错，特宜畜鸭。佳种皆纯白，野鸭花鸭则非上选。鸭自通州运到北平，仍需施以填肥手续。以高粱及其他饲料揉搓成圆条状，较一般香肠热狗为粗，长约四寸许。通州的鸭子师傅抓过一只鸭来，夹在两条腿间，使不得动，用手掰开鸭嘴。以粗长的一根根的食料蘸着水硬行塞入。鸭子要叫都叫不出声，只有眨巴眼的份儿。塞进口中之后，用手紧紧地往下捋鸭的脖子，硬把那一根根的东西挤送到鸭的胃里。填进几根之后，眼看着再填就要撑破肚皮，这才松手，把鸭关进一间不见天日的小棚子里。几十百只鸭关在一起，像沙丁鱼，绝无活动余地，只是尽量给予水喝。这样关了若干天，天天扯出来填，非肥不可，故名填鸭。一来鸭子品种好，二来师傅手艺高，所以填鸭为北平所独有。抗战时期在后方有一家餐馆试行填鸭，三分之一死去，没死的虽非骨瘦如柴，也并不很肥，这是我亲眼看到的。鸭一定要肥，肥才嫩。

北平烧鸭，除了专门卖鸭的餐馆如全聚德之外，是由便宜坊（即酱肘子铺）发售的。在馆子里亦可吃烤鸭，例如在福全馆宴客，就可以叫右边邻近的一家便宜坊送了过来。自从宣外的老便宜坊关张以后，要以东城的金鱼胡同口的宝华春为后起之秀，楼下门市，楼上小楼一角最是吃烧鸭的好地方。在家里，打一个电话，宝华春就会派一个小利巴，用保温的铅铁桶送来一只才出炉的烧鸭，油淋淋的，烫手热的。附带着他还管代蒸荷叶饼葱酱之类。他在席旁小桌上当众片鸭，手艺不错，讲究片得薄，每一片有皮有油有肉，随后一盘瘦肉，最后是鸭头鸭尖，大功告成。主人高兴，赏钱两吊，小利巴欢天喜地称谢而去。

填鸭费工费料，后来一般餐馆几乎都卖烧鸭，叫作叉烧烤鸭，连焖炉的设备也省了，就地一堆炭火一根铁叉就能应市。同时用的是未经填肥的普通鸭子，吹凸了鸭皮晾干一烤，也能烤得焦黄迸脆。但是除了皮就是肉，没有黄油，味道当然差得多。有人到北平吃烤鸭，归来盛道其美，我问他好在哪里，他说："有皮，有肉，没有油。"我告诉他："你还没有吃过北平烤鸭。"

所谓一鸭三吃，那是广告噱头。在北平吃烧鸭，照例有一碗滴出来的油，有一副鸭架装。鸭油可以蒸蛋羹，鸭架装可以熬白菜，也可以煮汤打卤。馆子里的鸭架装熬白菜，可能是预先煮好的大锅菜，稀汤洸水，索然寡味。会吃的人要把整个的架装带回家里去煮。这一锅汤，若是加口蘑（不是冬菇，不是香蕈）打卤，卤上再加一勺炸花椒油，吃打卤面，其味之美无与伦比。

炸丸子

我想人没有不爱吃炸丸子的，尤其是小孩。我小时候，根本不懂什么五臭八珍，只知道小炸丸子最为可口。肉剁得松松细细的，炸得外焦里嫩，入口即酥，不需大嚼；既不吐核，又不择刺，蘸花椒盐吃，一口一个，实在是无上美味。可惜一盘丸子只有二十来个，桌上人多，分下来差不多每人两三个，刚把馋虫诱上喉头，就难以为继了。我们住家的胡同口有一个同和馆，近在咫尺，有时家里来客留饭，就在同和馆叫几个菜作为补充，其中必有炸丸子，亦所以餍我们几个孩子所望。有一天，我们两三个孩子偎在母亲身边闲话，我的小弟弟不知怎么的心血来潮，没头没脑地冒出这样的一句话："妈，小炸丸子要多少钱一碟？"我们听了哄然大笑，母亲却觉得一阵心酸，立

094

即派用人到同和馆买来一碟小炸丸子，我们两三个孩子伸手抓食，每人分到十个左右，心满意足。事隔七十多年，不能忘记那一回吃小炸丸子的滋味。

炸丸子上面加一个"小"字，不是没有缘由的。丸子大了，炸起来就不容易炸透。如果炸透，外面一层又怕炸过火。所以要小。有些馆子称之为樱桃丸子，也不过是形容其小。其实这是夸张，事实上总比樱桃大些。要炸得外焦里嫩有一个诀窍。先用温油炸到八分熟，捞起丸子，使稍冷却，在快要食用的时候投入沸油中再炸一遍。这样便可使外面焦而里面不至变老。

为了偶尔变换样子，炸丸子做好之后，还可以用葱花酱油芡粉在锅里勾一些卤，加上一些木耳，然后把炸好的丸子放进去滚一下就起锅，是为熘丸子。

如果用高汤煮丸子，而不用油煎，煮得白白嫩嫩的，加上一些黄瓜片或是小白菜心，也很可口，是为氽丸子。若是赶上毛豆刚上市，把毛豆剁碎羼在肉里，也很别致，是为毛豆丸子。

湖北馆子的蓑衣丸子也很特别，是用丸子裹上糯米，上屉蒸。蒸出来一个个的黏着挺然翘然的米粒，好像是披了一件蓑衣，故名。这道菜要做得好，并不难，糯米先泡软再蒸，就不会生硬。我不知道为什么湖北人特喜糯米，豆皮要包糯米，烧卖也要包糯米，丸子也要裹上糯米。我私人以为除了粽子汤团和八宝饭之外，糯米派不上什么用场。

北平酱肘子铺（即便宜坊）卖一种炸丸子，扁扁的，外表疙瘩噜苏，里面全是一些筋头巴脑的剔骨肉，价钱便宜，可是风味特殊，当作火锅的锅料用最为合适。我小时候上学，如果手头富余，买个炸丸子夹在烧饼里，惬意极了，如今回想起来还回味无穷。

最后还不能不提到"乌丸子"。一半炸猪肉丸子，一半炸鸡胸肉丸子，盛在一个盘子里，半黑半白，很是别致。要有一小碗卤汁，蘸卤汁吃才有风味。为什么叫乌丸子，我不知道，大概是什么一位姓乌的大老爷所发明，故以此名之。从前有那样的风气，人以菜名，菜以人名，如潘鱼江豆腐之类皆是。

烤羊肉

北平中秋以后，螃蟹正肥，烤羊肉亦一同上市。口外的羊肥，而少膻味，是北平人主要的食用肉之一。不知何故很多人家根本不吃羊肉，我家里就羊肉不曾进过门。说起烤肉就是烤羊肉。南方人吃的红烧羊肉，是山羊肉，有膻气，肉瘦，连皮吃，北方人觉得是怪事，因为北方的羊皮留着做皮袄，舍不得吃。

北平烤羊肉以前门肉市正阳楼为最有名，主要的是工料细致，无论是上脑、黄瓜条、三叉、大肥片，都切得飞薄，切肉的师傅就在柜台近处表演他的刀法，一块肉用一块布蒙盖着，一手按着肉一手切，刀法利落。肉不是电冰柜里的冻肉（从前没有电冰柜），就是冬寒天冻，肉还是软软的，没有手艺是切不好的。

正阳楼的烤肉支子，比烤肉宛、烤肉季的要小得多，直径不过一尺，放在四张八仙桌子上，都是摆在小院里，四围是四把条凳。三五个一伙围着一个桌子，抬起一条腿踩在条凳上，边烤边饮边吃边说笑，这是标准的吃烤肉的架势。不像烤肉宛那样的大支子，十几条大汉在熊熊烈火周围，一面烤肉一面烤人。女客喜欢到正阳楼吃烤肉，地方比较文静一些，不愿意露天自己烤，伙计们可以烤好送进房里来。烤肉用的不是炭，不是柴，是烧过除烟的松树枝子，所以带有特殊香气。烤肉不需多少佐料，有大葱芫荽酱油就行。

正阳楼的烧饼是一绝，薄薄的两层皮，一面粘芝麻，打开来会冒一股滚烫的热气，中间可以塞进一大箸子烤肉，咬上去，软。普通的芝麻酱烧饼不对劲，中间有芯子，太厚实，夹不了多少肉。

我在青岛住了四年，想起北平烤羊肉馋涎欲滴。可巧厚德福饭庄从北平运来大批冷冻羊肉片，我灵机一动，托人在北平为我定制了一具烤肉支子。支子有一定的规格尺度，不是外行人可以随便制造的。我的支子运来之后，大宴宾客，命儿辈到寓所后山拾松塔盈筐，敷在炭上，松香浓郁。烤肉佐以潍县特产大葱，真如锦上添花，葱白粗如甘蔗，斜切成片，细嫩而甜。吃得皆大欢喜。

提起潍县大葱，又有一事难忘。我的同学张心一是一位畸人，他的夫人是江苏人，家中禁食葱蒜，而心一是甘肃人，极嗜葱蒜。他有一次过青岛，我邀他家中便饭，他要求大葱一盘，别无所欲。我如他所请，特备大葱一盘，家常饼数张。心一以葱卷饼，顷刻而罄，对于其他菜肴竟未下箸，直吃得他满头大汗。他说这是数年来第一次如意的饱餐！

我离开青岛时把支子送给同事赵少侯，此后抗战军兴，友朋星散，这青岛独有的一个支子就不知流落何方了。

酸梅汤与糖葫芦

夏天喝酸梅汤，冬天吃糖葫芦，在北平是不分阶级人人都能享受的事。不过东西也有精粗之别。琉璃厂信远斋的酸梅汤与糖葫芦，特别考究，与其他各处或街头小贩所供应者大有不同。

徐凌霄《旧都百话》关于酸梅汤有这样的记载：

暑天之冰，以冰梅汤为最流行，大街小巷，干鲜果铺的门口，都可以看见"冰镇梅汤"四字的木檐横额。有的黄底黑字，甚为工致，迎风招展，好似酒家的帘子一样，使过往的热人，望梅止渴，富于吸引力。昔年京朝大老，贵客雅流，有闲工夫，

常常要到琉璃厂逛逛书铺，品品古董，考考版本，
消磨长昼。天热口干，辄以信远斋梅汤为解渴之需。

　　信远斋铺面很小，只有两间小小门面，临街是旧式玻璃门
窗，拂拭得一尘不染，门楣上一块黑漆金字匾额，铺内清洁简
单，道地北平式的装修。进门右手方有黑漆大木桶一，里面有
一大白瓷罐，罐外周围全是碎冰，罐里是酸梅汤，所以名为冰
镇，北平的冰是从什刹海或护城河挖取藏在窖内的，冰块里可
以看见草皮木屑，泥沙秽物更不能免，是不能放在饮料里喝
的。什刹海会贤堂的名件"冰碗"，莲蓬桃仁杏仁菱角藕都放在
冰块上，食客不嫌其脏，真是不可思议。有人甚至把冰块放在
酸梅汤里！信远斋的冰镇就高明多了。因为桶大罐小冰多，喝
起来凉沁脾胃。他的酸梅汤的成功秘诀，是冰糖多、梅汁稠、
水少，所以味浓而酽。上口冰凉，甜酸适度，含在嘴里如品纯
醪，舍不得下咽。很少人能站在那里喝那一小碗而不再喝一碗
的。抗战胜利还乡，我带孩子们到信远斋，我准许他们能喝多
少碗都可以，他们连尽七碗方始罢休。我每次去喝，不是为解
渴，是为解馋。我不知道为什么没有人动脑筋把信远斋的酸梅
汤制为罐头行销各地，而一任"可口可乐"到处猖狂。

信远斋也卖酸梅卤、酸梅糕。卤冲水可以制酸梅汤，但是无论如何不能像站在那木桶旁边细啜那样有味。我自己在家也曾试做，在药铺买了乌梅，在干果铺买了大块冰糖，不惜工本，仍难如愿。信远斋掌柜姓萧，一团和气，我曾问他何以仿制不成，他回答得很妙："请您过来喝，别自己费事了。"

信远斋也卖蜜饯、冰糖子儿、糖葫芦，以糖葫芦为最出色。北平糖葫芦分三种：一种用麦芽糖，北平话是糖稀，可以做大串山里红的糖葫芦，可以长达五尺多，这种大糖葫芦，新年厂甸卖得最多。麦芽糖裹水杏儿（没长大的绿杏），很好吃，做糖葫芦就不见佳，尤其是山里红常是烂的或是带虫子屎。另一种用白糖和了黏上去，冷了之后白汪汪的一层霜，别有风味。正宗是冰糖葫芦，薄薄一层糖，透明雪亮。材料种类甚多，诸如海棠、山药、山药豆、杏干、葡萄、橘子、荸荠、核桃，但是以山里红为正宗。山里红，即山楂，北地盛产，味酸，裹糖则极可口。一般的糖葫芦皆用半尺来长的竹签，街头小贩所售，多染尘沙，而且品质粗劣。东安市场所售较为高级。但仍以信远斋所制为最精，不用竹签，每一颗山里红或海棠均单个独立，所用之果皆硕大无疵，而且干净，放在垫了油纸的纸盒中由客携去。

离开北平就没吃过糖葫芦，实在想念。近有客自北平来，说起糖葫芦，据称在北平这种不属于任何一个阶级的食物几已绝迹。他说我们在中国台湾自己家里也未尝不可试做，中国台湾虽无山里红，其他水果种类不少，蘸了冰糖汁，放在一块涂了油的玻璃板上，送入冰箱冷冻，岂不即可等着大嚼？他说他制成之后将邀我共尝，但是迄今尚无下文，不知结果如何。

北平的零食小贩

北平人馋。馋，据字典说是"贪食也"，其实不只是贪食，是贪食各种美味之食。美味当前，固然馋涎欲滴，即使闲来无事，馋虫亦在咽喉中抓挠，迫切地需要一点什么以膏馋吻。三餐时固然希望青粱罗列，任我下箸，三餐以外的时间也一样的想馋嚼，以锻炼其咀嚼筋。看鹭鸶的长颈都有一点羡慕，因为颈长可能享受更多的徐徐下咽之感，此之谓馋，馋字在外国语中尢适当的字可以代替，所以讲到馋，真"不足为外人道"。有人说北平人之所以特别馋，是由于当年的八旗子弟游手好闲的太多，闲就要生事，在吃上打主意自然也是可以理解的。所以各式各样的零食小贩便应运而生，自晨至夜逡巡于大街小巷之中。

北平小贩的吆喝声是很特殊的。我不知道这与平剧[①]有无关系，其抑扬顿挫，变化颇多，有的豪放如唱大花脸，有的沉闷如黑头，又有的清脆如生旦，在白昼给浩浩欲沸的市声平添不少情趣，在夜晚又给寂静的夜带来一些凄凉。细听小贩的呼声，则有直譬，有隐喻，有时竟像谜语一般的耐人寻味。而且他们的吆喝声，数十年如一日，不曾有过改变。我如今闭目沉思，北平零食小贩的呼声俨然在耳，一个个的如在目前。现在让我就记忆所及，细细数说。

首先让我提起"豆汁"。绿豆渣发酵后煮成稀汤，是为豆汁，淡草绿色而又微黄，味酸而又带一点霉味，稠稠的，浑浑的，热热的。佐以辣咸菜，即棺材板切细丝，加芹菜梗，辣椒丝或末。有时亦备较高级之酱菜如酱萝卜酱黄瓜之类，但反不如辣咸菜之可口，午后啜三两碗，愈吃愈辣，愈辣愈喝，愈喝愈热，终至大汗淋漓，舌尖麻木而止。北平城里人没有不嗜豆汁者，但一出城则豆渣只有喂猪的份，乡下人没有喝豆汁的。外省人居住北平二三十年往往不能养成喝豆汁的习惯。能喝豆汁的人才算是真正的北平人。

---

① 平剧：即京剧。

其次是"灌肠"。后门桥头那一家的大灌肠，是真的猪肠做的，遐迩驰名，但嫌油腻。小贩的灌肠虽有肠之名实则并非是肠，仅具肠形，一条条的以芡粉为主所做成的橛子，切成不规则形的小片，放在平底大油锅上煎炸，炸得焦焦的，蘸蒜盐汁吃。据说那油不是普通油，是从作坊里从马肉等熬出来的油，所以有这一种怪味。单闻那种油味，能把人恶心死，但炸出来的灌肠，喷香！

从下午起有沿街叫卖"面筋哟"者，你喊他时须喊"卖熏鱼儿的"，他来到你们门口打开他的背盒由你拣选时却主要的是猪头肉。除猪头肉的脸子、只皮、口条之外，还有脑子、肝、肠、苦肠、心头、蹄筋，等等，外带着别有风味的干硬的火烧。刀口上手艺非凡，从夹板缝里抽出一把飞薄的刀，横着削切，把猪头肉切得出薄如纸，塞在那火烧里食之，熏味扑鼻！这种卤味好像不能登大雅之堂，但是在煨煮熏制中有特殊的风味，离开北平便尝不到。

薄暮后有叫卖羊头肉者，刀板器皿刷洗得一尘不染，切羊脸子是他的拿手，切得真薄，从一只牛角里撒出一些特制的胡盐，北平的羊好，有浓厚的羊味，可又没有浓厚到膻的地步。

也有推着车子卖"烧羊脖子烧羊肉"的。烧羊肉是经过煮和炸两道工序的，除肉之外还有肚子和卤汤。在夏天佐以黄瓜大蒜是最好的下面之物。推车卖的不及街上羊肉铺所发售的，但慰情聊胜于无。

北平的"豆腐脑"，异于川湘的豆花，是哆里哆嗦的软嫩豆腐，上面浇一勺卤，再加蒜泥。

"老豆腐"另是一种东西，是把豆腐煮出了蜂窠，加芝麻酱韭菜末辣椒等作料，热乎乎的连吃带喝亦颇有味。

北平人做"烫面饺"不算一回事，真是举重若轻叱咤立办，你喊三十饺子，不大的工夫就给你端上来了，一个个包得细长齐整又俊又俏。

斜尖的炸豆腐，在花椒盐水里煮得饱饱的，有时再羼进几个粉丝做的炸丸子，放进一点辣椒酱，也算是一味很普通的零食。

馄饨何处无之？北平挑担卖馄饨的却有他的特点，馄饨本身没有什么异样，由筷子头拨一点肉馅往三角皮子上一抹就是一个馄饨，特殊的是那一锅肉骨头熬的汤别有滋味，谁家里也不会把那么多的烂骨头煮那么久。

一清早卖点心的很多，最普通的是烧饼油鬼。北平的烧饼主要的有四种：芝麻酱烧饼、螺丝转、马蹄、驴蹄，各有千秋。芝麻酱烧饼，外省仿造者都不像样，不是太薄就是太厚，不是太大就是太小，总是不够标准。螺丝转儿最好是和"甜浆粥"一起用，要夹小圆圈油鬼。马蹄儿只有薄薄的两层皮，宜加圆饱的甜油鬼。驴蹄儿又小又厚，不要油鬼做伴。北平油鬼，不叫油条，因为根本不作长条状，主要的只有两种，四个圆泡连在一起的是甜油鬼，小圆圈的油鬼是咸的，炸得特焦，夹在烧饼里一按咔嚓一声。离开北平的人没有不想念那种油鬼的。外省的油条，虚泡囊肿，不够味，要求炸焦一点也不行。

"面茶"在别处没见过。真正的一锅糨糊，炒面熬的，盛在碗里之后，在上面用筷子蘸着芝麻酱撒满一层，唯恐撒得太多似的。味道好么？至少是很怪。

卖"三角馒头"的永远是山东老乡。打开蒸笼布，热腾腾的各样蒸食，如糖三角、混糖馒头、豆沙包、蒸饼、红枣蒸饼、高庄馒头，听你拣选。

"杏仁茶"是北平的好，因为杏仁出在北方，提味的是那少数几颗苦杏仁。

豆类做出的吃食可多了，首先要提"豌豆糕"。小孩子一听打镗锣的声音很少不怦然心动的。卖豌豆糕的人有一把手艺，他会把一块豌豆泥捏成为各式各样的东西，他可以听你的吩咐捏一把茶壶，壶盖壶把壶嘴俱全，中间灌上黑糖水，还可以一杯一杯地往外倒。规模大一点的是荷花盆，真有花有叶，盆里灌黑糖水。最简单的是用模型翻制小饼，用芝麻做馅。后来还有"仿膳"的伙计出来做这一行生意，善用豌豆泥制各式各样的点心，大八件、小八件，什么卷酥喇嘛糕枣泥饼花糕，五颜六色，应有尽有，惟妙惟肖。

"豌豆黄"之下街卖者是粗的一种，制时未去皮，加红枣，切成三尖形矗立在案板上。实际上比铺子卖的较细的放在纸盒里的那种要有味得多。

"热芸豆"有红白二种，普通的吃法是用一块布挤成一个豆饼，可甜可咸。

"烂蚕豆"是俟蚕豆发芽后加五香大料煮成的，烂到一挤即出。

"铁蚕豆"是把蚕豆炒熟，其干硬似铁。牙齿不牢者不敢轻试，但亦有酥皮者，较易嚼。

夏季雨后照例有小孩提着竹篮赤足蹚水而高呼"干香豌豆"，咸滋滋的也很好吃。

"豆腐丝"，粗糙如豆腐渣，但有人拌葱卷饼而食之。"豆渣糕"是芸豆泥做的，作圆球形，蒸食，售者以竹筷插之，一插即是两颗，加糖及黑糖水食之。"甑儿糕"，是米面填木碗中蒸之，噬噬作响。顷刻而熟。

"江米藕"是老藕孔中填糯米，煮熟切片加糖而食之。挑子周围经常环绕着馋涎欲滴的小孩子。

北平的"酪"是一项特产，用牛奶凝冻而成，夏日用冰镇，凉香可口，讲究一点的酪在酪铺发售，沿街贩卖者亦不恶。

"白薯"（即南人所谓红薯），有三种吃法，初秋街上喊"栗子味儿的"者是干煮白薯，细细小小的一根根地放在车上卖。稍后喊"锅底儿热和"者为带汁的煮白薯，块头较大，亦较甜。此外是烤白薯。

"老玉米"（即玉蜀黍）初上市时也有煮熟了在街上卖的。对于城市中人这也是一种新鲜滋味。

沿街卖的"粽子"，包得又小又俏，有加枣的，有不加枣的，摆在盘子里齐整叫爱。

北平没有汤圆，只有"元宵"，到了元宵季节街上有叫卖煮元宵的。袁世凯称帝时，曾一度禁称元宵，因与"袁消"二字音同，改称汤圆，可嗤也。

糯米团子加豆沙馅，名曰"艾窝"或"艾窝窝"。黄米面做的"切糕",有加红豆的,有加红枣的,卖时切成斜块,插以竹签。

菱角是小的好,所以北平小贩卖的是小菱角,有生有熟,用剪去刺,当中剪开。很少卖大的红菱者。

"老鸡头"即芡实。生者为刺囊状,内含芡实数十颗;熟者则为圆硬粒,须敲碎食其核仁。

供儿童以糖果的,从前是"打镗锣的",后又有卖"梨糕"的,此外如"吹糖人的",卖"糖杂面的",都经常徘徊于街头巷尾。

"扒糕""凉粉"都是夏季平民食物,又酸又辣。

"驴肉",听起来怪骇人的,其实切成大片瘦肉,也很好吃。是否有骆驼肉马肉混在其中,我不敢说。

担着大铜茶壶满街跑的是卖"茶汤"的,用开水一冲,即可调成一碗茶汤,和铺子里的八宝茶汤或牛髓茶固不能比,但亦颇有味。

"油炸花生仁"是用马油炸的,特别酥脆。

北平"酸梅汤"之所以特别好,是因为使用冰糖,并加玫瑰木樨桂花之类。信远斋的最合标准,沿街叫卖的便徒有其名了,而且加上天然冰亦颇有碍卫生。卖酸梅汤的普通兼带"玻璃粉"及小瓶用玻璃球做盖的汽水。"果子干"也是重要的一项副业，用杏干柿饼鲜藕煮成。"玫瑰枣"也很好吃。

冬天卖"糖葫芦"，裹麦芽糖或糖稀的不太好，蘸冰糖的才好吃。各种原料皆可制糖葫芦，唯以"山里红"为正宗。其他如海棠、山药、山药豆、杏干、核桃、荸荠、橘子、葡萄、金橘等均佳。北地苦寒，冬夜特别寂静，令人难忘的是那卖"水萝卜"的声音，"萝卜——赛梨——辣了换！"那红绿萝卜，多汁而甘脆，切得又好，对于北方煨在火炉旁边的人特别有沁人脾胃之效。这等萝卜，别处没有。

有一种内空而瘪小的花生，大概是拣选出来的不够标准的花生，炒焦了之后，其味特香，远在白胖的花生之上，名曰"抓空儿"，亦冬夜的一种点缀。

夜深时往往听到沉闷而迟缓的"硬面饽饽"声，有光头、凸盖、镯子等，亦可充饥。

水果类则四季不绝的应世，诸如：三白的大西瓜、蛤蟆酥、羊角蜜、老头儿乐、鸭儿梨、小白梨、肖梨、糖梨、烂酸梨、沙果、苹果、虎拉车、杏、桃、李、山里红、柿子、黑枣、嘎嘎枣、老虎眼大酸枣、荸荠、海棠、葡萄、莲蓬、藕、樱桃、桑葚、槟子……不可胜举，都在沿门求售。

　　以上约略举说，只就记忆所及，挂漏必多。而且数十年来，北平也正在变动，有些小贩由式微而没落，也有些新的应运而生，比我长一辈的人所见所闻可能比我要丰富些，比我年轻的人可能遇到一些较新鲜而失去北平特色的事物。总而言之，北平是在向新颖而庸俗方面变，在零食小贩上即可窥见一斑。如今呢，胡尘涨宇，面目全非，这些小贩，还能保存一二与否，恐怕在不可知之数了。但愿我的回忆不是永远的成为回忆！

3

第 3 章

—— 你来，无论
多大风多大雨，我要去接你 ——

我不愿送人，亦不愿人送我。对于自己真正
舍不得离开的人，离别的那一刹那像是开刀。

送 行

"黯然销魂者，唯别而已矣。"遥想古人送别，也是一种雅人深致。古时交通不便，一去不知多久，再见不知何年，所以南浦唱支骊歌，灞桥折条杨柳，甚至在阳关敬一杯酒，都有意味。李白的船刚要启碇，汪伦老远地在岸上踏歌而来，那幅情景真是历历如在眼前。其妙处在于淳朴真挚，出之以潇洒自然。平素莫逆于心，临别难分难舍。如果平常我看着你面目可憎，你觉着我语言无味，一旦远离，那是最好不过，只恨世界太小，唯恐将来又要碰头，何必送行！

在现代人的生活里，送行是和拜寿、送殡等一样的成为应酬的礼节之一。"揪着公鸡尾巴"起个大早，迷迷糊糊地赶到车站码头，挤在乱哄哄人群里面，找到你的对象，扯几句淡话，好容易耗到汽笛一叫，然后鸟兽散，吐一口轻松气，噘着大嘴回家。这叫作周到。在被送的那一方面，觉得热闹，人缘好，没白混，而且体面，有这么多人舍不得我走，斜眼看着旁边的没人送的旅客，相形之下，尤其容易起一种优越之感，不禁精神抖擞，恨不得对每一个送行的人要握八次手、道十回谢。死人出殡，都讲究要有多少亲友执绋，表示恋恋不舍，何况活人！行色不可不壮。

悄然而行似是不大舒服，如果别的旅客在你身旁耀武扬威地与送行的话别，那会增加旅途中的寂寞。这种情形，中外皆然。Max Beerbohm 写过一篇《谈送行》，他说他在车站上见一位以演剧为业的老朋友在送一位女客，始而喁喁情话，俄而泪湿双颊，终乃汽笛一声，勉强抑止哽咽，向女郎频频挥手，目送良久而别。原来这位演员是在做戏，他并不认识那位女郎，他是属于“送行会”的一个职员，凡是旅客孤身在外而愿有人到站相送的，都可以到“送行会”去雇人来送。这位演员出身的人当然是送行的高手，他能放进感情，表演逼真。客人纳费无多，在精神上受惠不浅。尤其是美国旅客，用金钱在国外可以购买一切，如果“送行会”真的普遍设立起来，送行的人也不虞缺乏了。

送行既是人生中所不可少的一件事，送行的技术也便不可不注意到。如果送行只限于到车站码头报到，握手而别，那么问题就简单，但是我们中国的一切礼节都把"吃"列为最重要的一个项目。一个朋友远别，生怕他饿着走，饯行是不可少的，恨不得把若干天的营养都一次囤积在他肚里。我想任何人都有这种经验，如有远行而消息外露（多半还是自己宣扬），他有理由期望着饯行的帖子纷至沓来，短期间家里可以不必开伙。还有些思虑更周到的人，把食物携在手上，亲自送到车上船上，好像是你在半路上会挨饿的样子。

我永远不能忘记最悲惨的一幕送行，一个严寒的冬夜，车站上并不热闹，客人和送客的人大都在车厢里取暖，但是在长得没有止境的月台上却有一堆黑查查的送行的人，有的围着斗篷，有的脚尖在洋灰地上敲鼓似的乱动。我走近一看全是熟人，都是来送一位太太的。车快开了，不见她的踪影，原来在这一晚她还有几处饯行的宴会。在最后的一分钟，她来了。送行的人们觉得是在接一个人，不是在送一个人，一见她来到大家都表示喜欢，所有惜别之意都来不及表现了。她手上抱着一个孩子，吓得直哭，另一只手扯着一个孩子，连跑带拖。她的头发蓬松着，嘴里喷着热气，像是冬天载重的骡子。她顾不得和送行的人周旋，三步两步地就跳上了车，这时候车已在蠕动。送行的人大部分手里都提着一点东西，无法交付，可巧我站在离车门最近的地方，大家把礼物都交给了我："请您偏劳给送上去吧！"我好像是一个圣诞老人，抱着一大堆礼物，一个箭步蹿上了车。我来不及致辞，把东西往她身上一扔，回头就走。从车上跳下来的时候，打了几个转才立定脚跟。事后我接到她一封信，她说："那些送行的都是谁？你丢给我那些东西，到底是谁送的？我在车上整理了好半天，才把那些东西聚拢起来打成一个大包袱。朋友们的盛情算是给我添了一件行李，我愿意知道哪一件东西是哪一位送的，你既是代表送上车的，你当然知道，盼速见告。

计开：

水果三筐，泰康罐头四个，果露两瓶，蜜饯四盒，饼干四罐，豆腐乳四盒，蛋糕四盒，西点八盒，纸烟八听，信纸信封一匣，丝袜两双，香水一瓶，烟灰碟一套，小钟一具，衣料两块，酱菜四篓，绣花拖鞋一双，大面包四个，咖啡一听，小宝剑两把……"

这问题我无法答复，至今是个悬案。

我不愿送人，亦不愿人送我。对于自己真正舍不得离开的

119

人，离别的那一刹那像是开刀，凡是开刀的场合照例是应该先用麻醉剂，使病人在迷蒙中度过那场痛苦，所以离别的苦痛最好避免。一个朋友说："你走，我不送你；你来，无论多大风多大雨，我要去接你。"我最赏识那种心情。

想我的母亲

父母对子女的爱，子女对父母的爱，是神圣的。我写过一些杂忆的文字，不曾写过我的父母，因为关于这个题目我不敢轻易下笔。小民女士逼我写几句话，辞不获已，谨先略述二三小事以应，然已临文不胜风木之悲。

我的母亲姓沈，杭州人。世居城内上羊市街。我在幼时曾侍母归宁，时外祖母尚在，年近八十。外祖父入学后，没有更进一步的功名，但是课子女读书甚严。我的母亲教导我们读书启蒙，尝说起她小时苦读的情形。她同我的两位舅父一起冬夜读书，冷得腿脚僵冻，取大竹篓一，实以败絮，三个人伸足其中以取暖。我当时听得惕然心惊，遂不敢荒嬉。我的母亲来我家时年甫十八九，以后操持家务尽瘁终身，不复有暇进修。

　　我同胞兄弟姊妹十一人，母亲的劬育之劳可想而知。我记得我母亲常于百忙之中抽空给我们几个较小的孩子洗澡。我怕肥皂水流到眼里，我怕痒，总是躲躲闪闪，总是格格地笑个不住，母亲没有工夫和我们纠缠，随手一巴掌打在身上，边洗边打边笑。

　　北方的冬天冷，屋里虽然有火炉，睡时被褥还是凉似铁。尤其是钻进被窝之后，脖子后面透风，冷气顺着脊背吹了进来。我们几个孩子睡一个大炕，头朝外，一排四个被窝。母亲每晚看到我们钻进了被窝，叽叽喳喳地笑语不停，便走过来把油灯吹熄，然后给我们一个个地把脖子后面的棉被塞紧，被窝立刻暖和起来，不知不觉地就睡着了。我不知道母亲用的是什么手法，只知道她塞棉被带给我无可言说的温暖舒适，我至今想起来还是快乐的，可是那个感受不可复得了。

　　我从小不喜欢喧闹。祖父母生日照例院里搭台唱傀儡戏或滦州影戏。一过八点我便掉头而去进屋睡觉。母亲得暇便取出一个大笸箩，里面装的是针线剪尺一类的缝纫器材，她要做一些缝缝连连的工作，这时候我总是一声不响地偎在她的身旁，她赶我走我也不走，有时候竟睡着了。母亲说我乖，也说我孤僻。如今想想，一个人能有多少时间可以偎在母亲身旁？

在我的儿时记忆中，我母亲好像是没有时间睡觉。天亮就要起来，给我们梳小辫是一桩大事，一根一根地梳个没完。她自己要梳头，我记得她用一把抿子蘸着刨花水，把头发弄得锃光大亮。然后她就要一听上房有动静便急忙前去当差。盖碗茶、燕窝、莲子、点心，都有人预备好了，但是需要她去双手捧着送到祖父母跟前，否则要儿媳妇做什么？在公婆面前，儿媳妇是永远站着，没有座位的。足足地站几个钟头下来，不是缠足的女人怕也受不了！最苦的是，公婆年纪大，不过午夜不安歇，儿媳妇要跟着熬夜在一旁侍候。她困极了，有时候回到房里来不及脱衣服倒下便睡着了。虽然如此，母亲从来没有发过一句怨言。到了民元前几年，祖父母相继去世，我母亲才稍得清闲，然而主持家政教养儿女也够她劳苦的了。她抽暇隔几年返回杭州老家去度夏，有好几次都是由我随侍。

母亲爱她的家乡。在北京住了几十年，乡音不能完全改掉。我们常取笑她，例如北京的"京"，她说成"金"，她有时也跟我们学，总是学不好，她自己也觉得好笑。我有时学着说杭州话，她说难听死了，像是门口儿卖笋尖的小贩说的话。

我想一般人都会同意，凡是自己母亲做的菜永远是最好吃的。我的母亲平常不下厨房，但是她高兴的时候，尤其是父亲亲自到市场买回鱼鲜或其他南货的时候，在父亲特烦之下，她也欣然操起刀俎。这时候我们就有福了。我十四岁离家到清华，每星期回家一天，母亲就特别疼爱我，几乎很少例外地要亲自给我炒一盘冬笋木耳韭菜黄肉丝，起锅时浇一勺花雕酒，这是我最喜欢的一道菜。但是这一盘菜一定要母亲自己炒，别人炒味道就不一样了。

我母亲喜欢在高兴的时候喝几盅酒。冬天午后围炉的时候，她常要我们打电话到长发叫五斤花雕，绿釉瓦罐，口上罩着一张毛边纸，温热了倒在茶杯里和我们共饮。下酒的是大落花生，若是有"抓空儿的"，买些干瘪的花生吃则更有味。我和两位姐姐陪母亲一顿吃完那一罐酒。后来我在四川独居无聊，一斤花生一罐茅台当作晚饭，朋友们笑我吃"花酒"，其实是我母亲留下的作风。

我自从入了清华，以后和母亲在一起的时候就少了。抗战前后各有三年和母亲住在一起。母亲晚年喜欢听平剧，最常去的地方是吉祥，因为离家近，打个电话给卖飞票的，总有好的座位。我很后悔，我没能分出时间陪她听戏，只是由我的姐姐弟弟们陪她消遣。

我父亲曾对我说，我们的家所以成为一个家，我们几个孩子所以能成为人，全是靠了我母亲的辛劳维护。一九四九年以后，音讯中断，直等到恢复联系，才知道母亲早已弃养，享寿九十岁。西俗，母亲节佩红康乃馨，如不确知母亲是否尚在则佩红白康乃馨各一。如今我只有佩白康乃馨的份儿了，养生送死，两俱有亏，惨痛惨痛！

苦风凄雨

一

那是初秋的一天。一阵秋雨淅淅沥沥地落了下来，发出深山里落叶似的沙沙的声音；又夹着几阵清凉的秋风，把雨丝吹得斜射在百叶窗上。弟弟正在廊上吹胰子泡，偶尔锐声地喊着。屋里非常的黑暗，像是到了黄昏；我独自卧在大椅上，无聊地燃起一支香烟。这时候我的情思活跃起来，像是一只大鹏，飞腾于八极之表；我的悲哀也骤然狂炽，似乎有一缕一缕的愁丝将要把我像蛹一般地层层缚起。啊！我的心灵也是被凄风苦雨袭着！

在这愁困的围雾里，我忽地觉得飘飘摇摇，好像是已然浮游在无边的大海里了，一轮明月照着万顷晶波……一阵海风过处，又听得似乎是从故乡吹过来的母亲的呼唤和爱人的啜泣。
我不禁悲从中来，泪如雨下；却是帘栊里透进一阵凉风，把我
从迷惘中间吹醒。原来我还是在椅上呆坐，一根香烟已燃得
只剩三分长了。外面的秋雨兀自落个不住。我深深地呼吸了一
口气。

母亲慢慢地走了进来，眼睛有些红了，却还直直地凝视着
我的脸。我看看她默默无语。她也默默地坐在我对面，隔了一
会儿，缓声地说："行李都预备好了吗？……"

她这句话当然不是她心里要说的，因为我的行装完全是母
亲预备的，我知道她心里悲苦，故意地这样不动声色地谈话，
然而从她的声音里，我已然听到一种哑涩的呜咽的声音。我力
自镇定，指着地上的两只皮箱说："都好了，这只皮箱很结实，
到了美国也不至于损坏的……"

母亲点点头，转过去望着窗外，这时候雨势稍杀，院里积
水泛起无数的水泡，弟弟在那里用竹竿戏水，大声地欢笑。俄
顷间雨又潇潇地落大了。

壁上的时钟敲了四下，我一声不响地起来披上了雨衣，穿
上套鞋……母亲说："雨还在落着，你要出去吗？"

我从大衣袋里掏出陈小姐给我饯行的柬帖，递给她看。她

看了只轻轻地点点头，说："好，去吧。"我才掀开门帘，只听见母亲似乎叹了一声。

我走到廊上，弟弟扯着我说："怎么，绿哥？你现在就走了吗？这样的雨天，母亲大概不准我去看你坐火车了！……"我抚弄他的头发，告诉他："我明天才走呢。你一定可以去送我的。今天有人给我饯行。"

我走出家门，粗重的雨点打到我的身上。

二

公园里异常的寂静，似是特留给我们话别。池里的荷叶被雨洗得格外碧绿，清风过处，便俯仰倾欹，做出各种姿态。我们两个伏在水榭的栏上赏玩灰色的天空反映着远处的青丽的古柏，红墙黄瓦的宫殿，做成一幅哀艳沉郁的图画。我们只默默地望着这寂静的自然，不交一语。其实彼此都是满腔热情，常思晤时一吐为快，怎会没有话说呢？啊！这是情人们的通病吧——今朝的情绪，留作明日的相思！

一阵风香，她的柔发拂在我的脸上，我周身的血管觉得紧涨起来。想到明天此刻，当在愈离愈远，从此天各一方，不禁又战栗起来。不知是几许悲哀的情绪混合起来纠缠在我心头！唉，自古伤别离，离愁果是"剪不断理还乱"的了。

我鼓起微弱的勇气，想摒绝那些愁思，无心地向她问着："你今天给我饯别，可曾请了陪客吗？"

她凝视了我一顷，似乎是在这一顷她才把她已经出神的情思收转回来应答我的问语。她微微地呼吸了一下，颤声地说："哦，请陪客了。陪客还是先我们而来的呢。"她微微地向我一笑，"你看啊，这苦雨凄风不是绝妙的陪客吗？"

我也微微报她一笑，只觉一缕凄凉的神情弥漫在我心上。

雨住了。园里的景象异常的清新，玳瑁的树枝缀着翡翠的水叶，荷池的水像油似的静止，雪氅红喙的鸭儿成群地叫着。我们缓步走出行榭，一阵土湿的香气扑着鼻孔；沿着池边的曲折的小径，走上两旁植柏的甬道。园里还是冷清清的。天上的乌云还在互相追逐着。

"我们到影戏院去吧，雨天人稀，必定很有趣……"她这样地提议。我们便走进影戏院。里面的观众果似晨星的稀少，我们便在僻处紧靠着坐下。铃声一响，屋里昏黑起来，影片像逸马一般在我眼前飞游过去，我的情思也似随着相机轮旋转起来。我们紧紧地握着手，没有一句话说。影片忽地一卷演讫，屋里的光线放亮了一些，我看见她的乌黑的眼珠正在不瞬地注视着我。"你看影戏了没有？"

她摇摇头说："我一点也没有看进去，不知是些什么东西在我眼前飞过……你呢？"

我勉强地笑着说："同你一样的！……"

我们便这样地在黑暗的影戏院里度过两个小时。

我们从影戏院出来的时候，蒙蒙的破雨又在落着，园里的电灯全亮起来了，照得雨湿的地上闪闪地发光。远远地听见钟楼的当当的声音，似断似续的声波送过来，只觉得凄凉、黯淡……我扶着她缓缓地步到餐馆，疏细的雨滴是天公的泪点，洒在我们的身上。

她平时是不饮酒的，这天晚上却斟满一盏红葡萄酒，举起杯来低声地说："愿你一帆风顺，请尽了这一杯吧！"

我已经泪珠盈睫了，无言地举起我的酒杯，相对一饮而尽。餐馆的侍者捧着盘子，在旁边惊诧地望着我们。

我们从餐馆出来，一路地向着园门行去。我们不约而同地愈走愈慢，我心里暗暗地慊恨这道路的距离太近！将到园门，我止着问她："我明天早晨去了！……你可有什么话说吗？……"

她垂头不响，慢慢地从她的丝袋里取出一封浅红色的信笺，递到我的手里，轻声地叹着，说："除纸笔代喉舌，千种思量向谁说？……"

我默视无言，把红笺放在贴身的衣袋里。只觉得无精打采的路灯向着我的泪眼射出无数参差不齐的金黄色的光芒。我送她登上了车，各道一声珍重——便这样地在苦雨凄风之夕别了！

三

我回到家里，妹妹在房里写东西，我过去要看，她翻过去遮着，说："明天早晨你就看见了。今天陈小姐怎样饯行来的？……"我笑着出来到母亲房里，小弟弟睡了，母亲在吸水烟。"你睡去吧！明天清早还要起身呢……"

我步到我的卧房，只觉一片凄惨。在灯下把那红笺启视，上面写着：

> 绿哥：
>
> 我早就知道，在我和你末次——绝不是末次，是你远行前的末次——话别的时候，彼此一定只觉悲哀抑郁而不能道出只字。所以我写下这封信，准

131

备在临行的时候交给你。这信里的话是应该当面向你说的，但是，绿哥，请你恕我，我的微弱的心禁不起强烈的悲哀的压迫，我只好请纸笔代喉舌了。

绿哥！两月前我就在想象着今天的情景，不料这一天居然临到！同学们都在讥笑我，说我这几天消瘦了；我的母亲又说我是病了，天天强我吃药。你该知道我吃药是没用的。绿哥，你去了，我只有一件事要求你，就是你要常常地给我寄些信来，这是医我心灵的无上的圣药了。

看到这里，窗外滴滴答答地响个不住，萧萧的风又像是唏嘘着。我冥想了一刻，又澄心地看下去：

绿哥，我赏读古人句："……人当少年嫁，我当少年别……"总觉得凄酸不堪，原来正是为我自身写照！只要你时常地记念着我，我便也无异于随你远渡重洋了。

珂泉是美国的名胜，一定可以增进你的健康，同时更可启发你的诗思。绿哥，你千万不要"清福

132

独享"，务必要时常寄我些新诗，好叫一些"不相识的湖山，频来入梦"。我决计在这里的美术院再学几年，等你的诗集付印的时候可以给你的诗集画一些图案。绿哥，你的诗集一定需要图案的，你不看现在行的一些集子吗？白纸黑字，平淡无味，真是罪过！诗和画原是该结合的呀！

你去到外国，不要忘了可爱的中华！我前天送你的手制的国旗愿长久地悬在室内，檀香炉也可在秋雨之夜焚着。你不要只是眷念着我，须要崇仰着可爱的中华，可爱的中华的文化！

绿哥！别了！我不能再写下去了，因为我的话是无穷止的，只好这样地勉强停住。秋风多厉，珍重玉体！

妹陈淑[①] 敬上

临别前一日

---

① 陈淑：即程季淑（1901—1974），梁实秋的原配夫人，与梁实秋恩爱50余年，不离不弃。她意外逝世后，梁实秋写下感人的《槐园梦忆——悼念故妻程季淑女士》一文。

　　我反复地看了数遍，如醉如痴地靠在卧椅上，望着这浅红的信笺出神。我想今夜是不能睡的了，大概要亲尝"枕前泪共阶前雨，隔个窗儿滴到明"的滋味了。忽地听见母亲推开窗子，咳嗽了一声，大声地说："绿儿！你还没睡吗？该休息了，明天清早还要去赶火车呢。"

　　我高声答道："我就去睡了。"我捻灭了灯，空床反侧，彻夜无眠。一阵阵的风声、雨声，在昏夜里猖狂咆哮。

四

　　看看东方的天有些发白，便在床上坐起来，纱窗筛进一缕晨风，微有寒意。天上的薄云还平匀地铺着。窗外有几只蟋蟀叽叽地叫着。我静坐了片刻，等到天大亮了，起来推开屋门。忽然，出我意料之外，门上有一张短笺，用图钉钉着；我立刻取了下来，只见上面很整齐地写着：

　　　　绿哥：

　　　　请你在发现这张短笺的时候把惊奇的心情立刻平静下去；因为我怕受惊奇的刺激，所以特地来把

这张短笺钉在你的门上。你明天不是要走了吗？我
决定不去送你；并且决定在今夜不睡，以便等你明
晨离家的时候，我还可以安然地睡着。请你不要叫
醒我，绿哥，请你不要叫醒我。我怕看母亲红了的
眼睛，我怕看你临行和家人握手的样子……绿哥，
你走后，我将日夜地祷告，祝你旅途平安，只要你
答应我一件事，明天早晨不要叫醒我！再会吧！

紫妹敬上

苦雨凄风之夜

我读了异常地感动，便要把这张信纸夹在案头的书里。偶
然翻过纸的背面，原来还有两行小字：

你放心地去好了，你走后我必代表你天天去找
陈淑同玩。想来她在你去后也必愿和我玩的。

我不禁笑了出来。时光还很早，母亲不曾起来；我便撕下
一张日历，在背面写着：

　　紫妹：

　　我一定不把你从梦中唤醒，来和我作别。我也想大家都在梦中作别，免得许多烦恼，但这是办不到的。临别没有多少话说，只祝你快乐！你若能常陪陈淑玩，我也是很感谢你的。再谈吧。

　　　　　　　　　　　　　　　　　　绿哥

　　我写好了便用原来的图钉钉在紫妹卧房的门上，悄悄地退回房里。移时，母亲起来，连忙给我预备点心吃。她重复地嘱咐我的话，只是要我到了外国常常给家里寄信。

　　行李搬到车上了。母亲的泪珠滚滚地流了出来，我只转过头去伸出手来和她紧紧地一握着说声："母亲，我走了……"

　　"你的妹妹弟弟还在睡着，等我去叫醒他们和你一别吧！……"

　　我连忙止住她说："不用叫他们了，让他们安睡吧！"我便神志惘然地走出了家门。风吹着衣裳……

　　我走出巷口折行的时候，还看见母亲立在门口翘首地望我。

酒中八仙

  杜工部早年写过一首《饮中八仙歌》，章法参差错落，气势奇伟绝伦，是一首难得的好诗。他所谓的饮中八仙，是指他记忆所及的八位善饮之士，不包括工部本人在内，而且这八位酒仙并不属于同一辈分，不可能曾在一起聚饮。所以工部此诗只是就八个人的醉趣分别加以简单描述。我现在所要写的酒中八仙是"民国"十九年到二十三年间我的一些朋友，在青岛大学共事的时候，在一起宴饮作乐，酒酣耳热，一时忘形，乃比附前贤，戏以八仙自况。青岛是一个好地方，背山面海，冬暖夏凉，有整洁宽敞的市容，有东亚最佳的浴场，最宜于家居。唯一的缺憾是缺少文化背景，情调稍嫌枯寂。故每逢周末，辄聚饮于酒楼，得放浪形骸之乐。

我们聚饮的地点，一个是山东馆子顺兴楼，一个是河南馆子厚德福。顺兴楼是本地老馆子，属于烟台一派，手艺不错，最拿手的几样菜如爆双脆、锅烧鸡、余西施舌、酱汁鱼、烩鸡皮、拌鸭掌、黄鱼水饺……都很精美。山东馆子的跑堂一团和气，应对之间不失分际，对待我们常客自然格外周到。厚德福是新开的，只因北平厚德福饭庄老掌柜陈莲堂先生听我说起青岛市面不错，才派了他的长子陈景裕和他的高徒梁西臣到青岛来开分号。我记得我们出去勘察市面，顺便在顺兴楼午餐，伙计看到我引来两位生客，一身油泥，面带浓厚的生意人的气息，心里就已起疑。梁西臣点菜，不假思索一口气点了四菜一汤，炒辣子鸡（去骨）、炸肫（去里儿）、清炒虾仁……伙计登时感到来了行家，立即请掌柜上楼应酬，恭恭敬敬地问："请问二位宝号是哪里？"我们乃以实告。此后这两家饭馆被公认为是当地巨擘，不分瑜亮。厚德福自有一套拿手，例如清炒或黄焖鳝鱼、瓦块鱼、鱿鱼卷、琵琶燕菜、铁锅蛋、核桃腰、红烧猴头……都是独门手艺，而新学的焖炉烤鸭也是别有风味的。

我们轮流在这两处聚饮，最注意的是酒的品质。每夕以罄一坛为度。两个工人抬三十斤花雕一坛到二、三楼上，当面启封试尝，微酸尚无大碍，最忌的是带有甜意，有时要换两三坛才得中意。酒坛就放在桌前，我们自行舀取，以为那才尽兴。我们喜欢用酒碗，大大的，浅浅的，一口一大碗，痛快淋漓。对于菜肴我们不大挑剔，通常是一桌整席，但是我们也偶尔别出心裁，例如：普通以四个双拼冷盘开始，我有一次做主换成二十四个小盘，把圆桌面摆得满满的，要精致，要美观。有时候，尤其是在夏天，四拼盘换为一大盘，把大乌参切成细丝放在冰箱里冷藏，上桌时浇上芝麻酱三合油和大量的蒜泥，是一个很受欢迎的冷荤，比拌粉皮高明多了。吃铁锅蛋时，赵太侔建议外加一元钱的美国干酪，切成碎末打搅在内，果然气味浓郁不同寻常，从此成为定例。酒酣饭饱之后，常是一大碗酸辣鱼汤，此物最能醒酒，好像宋江在浔阳楼上酒醉题反诗时想要喝的就是这一味汤了。

酒从六时喝起，一桌十二人左右，喝到八时，不大能喝酒的约三五位就先起身告辞，剩下的八九位则是兴致正豪，开始宽衣攘臂，猜拳行酒。不做拇战，三十斤酒不易喝光。在大庭广众的公共场所，扯着破锣嗓子"鸡猫子喊叫"实在不雅。别个房间的客人都是这样放肆，入境只好随俗。

这一群酒徒的成员并不固定，四年之中也有变化，最初是闻一多环顾座上共有八人，一时灵感，遂曰："我们是酒中八仙！"这八个人是，杨振声、赵畸、闻一多、陈命凡、黄际遇、刘康甫、方令孺，和区区我。既称为仙，应有仙趣，我们只是沉湎曲乐的凡人，既无仙风道骨，也不会白日飞升，不过大都端起酒杯举重若轻，三斤多酒下肚尚能不及于乱而已。其中大多数如今皆已仙去，大概只有我未随仙去落人间。往日宴游之乐不可不记。

　　杨振声字金甫，后嫌金字不雅，改为今甫，山东蓬莱人，比我大十岁的样子。"五四"初期，写过一篇中篇小说《玉君》，清丽脱俗，惜从此搁笔，不再有所著作。他是北大中文系毕业，算是蔡孑民先生的学生。山东大学筹备期间，以蔡先生为筹备主任，实则今甫独任艰巨。蔡先生曾在大学图书馆侧一小楼上偕眷住过一阵，为消暑之计。山东大学的门口的竖匾，就是蔡先生的亲笔。胡适之先生看见了这个匾对我们说，他曾问过蔡先生："凭先生这一笔字，瘦骨嶙峋，在那个时代殿试大卷讲究黑大圆光，先生如何竟能点了翰林？"蔡先生从容答道："也许那几年正时兴黄山谷的字吧。"今甫做了青岛大学校长，得到蔡先生写匾，是很得意的一件事。今甫身材修伟，不愧为山东大汉，而言谈举止蕴藉风流，居恒一袭长衫，手携竹杖，意态萧然。鉴赏字画，清谈亹亹。但是一杯在手则意气风发，尤嗜拇战，入席之后往往率先打通关一道，音容并茂，咄咄逼人。赵瓯北有句："骚坛盟敢操牛耳，拇阵轰如战虎牢。"今甫差足以当之。

赵畸，字太侔，也是山东人，长我十二岁，和今甫是同学。平生最大特点是寡言笑。他可以和客相对很久很久一言不发，使人莫测高深。我初次晤见他是在美国波士顿，时"民国"十三年夏，我们一群中国学生排演《琵琶记》，他应邀从纽约赶来助阵。他未来之前，闻一多先即有函来，说明太侔之为人，犹金人之三缄其口，幸无误会。一见之后，他果然是无多言。预演之夕，只见他攘臂挽袖，运斤拉锯制作布景，不发一语。莲池大师云："世间醲醴酾醯，藏之弥久而弥美者，皆繇封锢牢密不泄气故。"太侔就是才华内蕴而封锢牢密。人不开口说话，佛亦奈何他不得。他有相当酒量，也能一口一大盅，但是他从不参加拇战。他写得一笔行书，绵密有致。据一多告我，太侔本是一个衷肠激烈的人，年轻的时候曾经参加革命，掷过炸弹，以后竟变得韬光养晦、沉默寡言了。我曾以此事相询，他只是笑而不答。他有妻室儿子，他家住在北平宣外北椿树胡同，他秘不告人，也从不回家，他甚至原籍亦不肯宣布。庄子曰："畸人者，畸于人而侔于天。"疏曰："畸者，不耦之名也，修行无有，而疏外形体，乖异人伦，不耦于俗。"怪不得他名畸字太侔。

闻一多，本名多，以字行，湖北蕲水人，是我清华同学，高我两级。他和我一起来到青岛，先赁居大学斜对面一座楼房的下层，继而搬到汇泉海边一座小屋，后来把妻小送回原籍，住进教职员第八宿舍，两年之内三迁。他本来习画，在芝加哥做素描一年，在科罗拉多习油画一年，他得到一个结论：中国人在油画方面很难和西人争一日之长短，因为文化背景不同。他放弃了绘画，专心致力于我国古典文学之研究，至于废寝忘食，埋首于故纸堆中。这期间他有一段恋情，因此写了一篇相当长的白话诗，那一段情没有成熟，无可奈何地结束了，而他从此也就不再写诗。他比较器重的青年，一个是他的学生臧克家，一个是他的助教陈梦家。这两位都写新诗，都得到一多的鼓励。一多的生活苦闷，于是也就爱上了酒。他酒量不大，而兴致高，常对人吟叹："名士不必须奇才，但使常得无事，痛饮酒，熟读《离骚》，便可称名士。"他一日薄醉，冷风一吹，昏倒在尿池旁。

陈命凡，字季超，山东人，任秘书长，精明强干，为今甫左右手。划起拳来，出手奇快，而且嗓音响亮，往往先声夺人，常自诩为山东老拳。关于拇战，虽小道亦有可观。"民国"

十五年，我在大学教书，同事中之酒友不少，与罗清生、李辉光往来较多，罗清生最精于猜拳，其术颇为简单，唯运用纯熟则非易事。据告其诀窍在于知己知彼。默察对方惯有之路数，例如一之后常为二、二之后常为三，余类推。同时变化自己之路数，不使对方捉摸。经此指点，我大有领悟。我与季超拇战常为席间高潮，大致旗鼓相当，也许我略逊一筹。

刘本钊，字康甫，山东蓬莱人，任会计主任，小心谨慎，恂恂君子。患严重耳聋，但亦嗜杯中物。因为耳聋关系，不易控制声音大小，拇战之时呼声特高，而对方呼声，他不甚了了，只消示意令饮，他即听命倾杯。一九四九年来台，曾得一晤，彼时耳聋益剧，非笔谈不可。据他相告，他曾约太侔和刘次萧（大学训导长）一同搭船逃离青岛，不料他们二人未及登船即遭逮捕，事后获悉二人均遭枪决，太侔至终未吐一语。

方令孺是八仙中唯一女性，安徽桐城人，在中文系执教兼任女生管理。她有咏雪才，惜遇人不淑，一直过着独身生活。中国台湾洪范书店曾搜集她的散文作品编为一集出版，我写了一篇短序。在青岛她居留不太久，好像是两年之后就离去了。后来我们在北碚异地重逢，比较往还多些。她一向是一袭黑色旗袍，极少的时候薄施脂粉，给人一派冲淡朴素的印象。在青岛的期间，她参加我们轰饮的行列，但是从不纵酒，刚要"朱颜酡些"的时候就停杯了。数十年来我没有她的消息，只是在一九六四年七月七日《联合报·幕前冷语》里看到这样一段简讯：

> 方令孺皤然白发，早不执教复旦，在那血气方
>
> 刚的红色路上漫步，现任浙江作者协会主席，忙于
>
> 文学艺术的联系工作。
>
> 老来多梦，梦里河山是她私人嗜好的最高发展，
>
> 跑到砚台山中找好砚去了，因此梦中得句，写在第
>
> 二天的默忆中："诗思满江国，涛声夜色寒。何当沽
>
> 美酒，共醉砚台山。"

这几句话写得迷离惝恍，不知砚台山寻砚到底是真是幻。不过诗中有"何当沽美酒"之语，大概她还未忘情当年酒仙的往事吧？如今若是健在，应该是八十以上的人了。

黄际遇，字任初，广东澄海人，长我十七八岁，是我们当中年龄最大的一位。他做过韩复榘主豫时的教育厅长，有宦场经验，但仍不脱名士风范。他永远是一件布衣长袍，左胸前缝有细长的两个布袋，正好插进两根铅笔。他是学数学的，任理

学院长，闻一多离去之后兼文学院长。嗜象棋，曾与国内高手过招，有笔记簿一本置案头，每次与人棋后辄详记全盘招数，而且能偶然不用棋盘棋子，凭口说进行棋赛。又治小学，博闻多识。他住在第八宿舍，有潮汕厨师一名，为治炊膳，烹调甚精。有一次约一多和我前去小酌，有菜二色给我印象甚深，一是白水氽大虾，去皮留尾，氽出来虾肉白似雪，虾尾红如丹；一是清炖牛鞭，则我未愿尝试。任初每日必饮，宴会时拇战兴致最豪，嗓音尖锐而常出怪声，狂态可掬。我们饮后通常是三五辈在任初领导之下去做余兴。任初在澄海是缙绅大户，门前横匾大书"硕士第"三字，雄视乡里。潮汕巨商颇有几家在青岛设有店铺，经营山东土产运销，皆对任初格外敬礼。我们一行带着不同程度的酒意，浩浩荡荡地于深更半夜去敲店门，惊醒了睡在柜台上的伙计们，赤身裸体地从被窝里钻出来（北方人虽严冬亦赤身睡觉）。我们一行一溜烟地进入后厅。主人热诚招待，有娈婉小童伺候茶水兼代烧烟。先是以工夫茶飨客，红泥小火炉，炭火煮水沸，浇灌茶具，以小盅奉茶，三巡始罢。然后主人肃客登榻，一灯如豆，有兴趣者可以短笛无腔信口吹，亦可突突突突有板有眼。俄而酒意已消，乃称谢而去。任初有一次回乡过年，带回潮州蜜柑一篓，我分得六枚，皮薄而松，肉甜而香，生平食柑，其美无过于此者。抗战时任初避地赴桂，胜利还乡，乘舟沿西江而下，一夕在船上如厕，不慎滑落江中，月黑风高，水深流急，遂遭没顶。

酒中八仙之事略如上述。"民国"二十一年青岛大学人事上有了变化。为了"九一八"事件全国学生罢课纷纷赴南京请愿要求对日作战，一批一批的学生占据火车南下，给政府造成了困扰。爱国的表示逐渐变质，演化成为无知的盲动，别有用心的人推波助澜，冷静的人均不谓然。请愿成了风尚，青岛大学的学生当然亦不后人，学校当局阻止无效。事后开除为首的学生若干，遂激起学生驱逐校长的风潮。今甫去职，太侔继任。一多去了清华。决定开除学生的时候，一多慷慨陈词，声称是"挥泪斩马谡"。此后二年，校中虽然平安无事，宴饮之风为之少杀。偶然一聚的时候有新的分子参加，如赵铭新、赵少侯、邓初等。我在青岛的旧友不止此数，多与饮宴无关，故不及。

怀念胡适先生

胡先生长我十一岁，所以我从未说过"我的朋友胡适之"，我提起他的时候必称先生，晤面的时候亦必称先生，但并不完全是由于年龄的差异。

胡先生早年有一部《留学日记》，后来改名为《藏晖室日记》，内容很大一部分是他的读书札记，以及他的评论。小部分是他私人生活，以及友朋交游的记载。我读过他的日记之后，深感自愧弗如，我在他的那个年龄，还不知道读书的重要，而且思想也尚未成熟。如果我当年也写过一部留学日记，其内容的贫乏与幼稚是可以想见的。所以，以学识的丰俭，见解的深浅而论，胡先生不只是长我十一岁，可以说长我二十一岁、三十一岁，以至四十一岁。

胡先生有写日记的习惯。《留学日记》只是个开端，以后的日记更精彩。先生住在上海极斯菲尔路的时候，有一天我和徐志摩、罗努生去看他，胡太太说："适之现在有客，你们先到他书房去等一下。"志摩领头上楼进入他的书房。书房不大，是楼上亭子间，约三四坪，容不下我们三个人坐，于是我们就站在他的书架前面东看看西看看。志摩大叫一声："快来看，我发现了胡大哥的日记！"书架的下层有一尺多高的一沓稿纸，新月的稿纸。（这稿纸是胡先生自己定制的，一张十行，行二十五字，边宽格大，胡先生说这样的稿纸比较经济，写错了就撕掉也不可惜。后来这样的稿纸就在新月书店公开发售，有宣纸毛边两种。我认为很合用，直到如今我仍然使用仿制的这样的稿纸。）胡先生的日记是用毛笔写的，至少我看到的这一部分是毛笔写的，他写得相当工整，他从不写行草，总是一笔一捺地规规矩矩。最令我们惊异的是，除了私人记事之外，他每天剪贴报纸，包括各种新闻在内，因此篇幅多得惊人，兼具时事资料的汇集，这是他的日记一大特色，可说是空前的。酬酢宴席之中的座客一一列举，偶尔也有我们的名字在内，努生就笑着说："得附骥尾，亦可以不朽矣！"我们匆匆看了几页，胡先生已冲上楼来，他笑容满面地说："你们怎可偷看我的日记？"随后他严肃地告诉我们："我生平不置资产，这一部日记将是我留给我的儿子们唯一的遗赠，当然是要在若干年后才能发表。"

我自偷看了胡先生的日记以后，就常常记挂，不知何年何月这部日记才得面世。胡先生回台定居，我为了洽商重印《胡适文存》到南港去看他。我就问起这么多年日记是否仍在继续写。他说并未间断，只是未能继续使用毛笔，也没有稿纸可用，所以改用洋纸本了，同时内容亦不如从前之详尽，但是每年总有一本，现已积得一箱。胡先生原拟那一箱日记就留在美国，胡太太搬运行李时误把一箱日记也带来中国台湾。胡先生故后，胡先生的一些朋友曾有一次会谈，对于这一箱日记很感难于处理，听说后来又运到美国，详情我不知道。我现在只希望这一部日记能在妥人照料之中，将来在适当的时候全部影印出来，而没有任何窜改增删。

胡先生在学术方面有很大部分精力用在《水经注》的研究上。在北平时他曾经打开他的书橱，向我展示其中用硬纸夹夹着的稿子，凡数十夹，都是《水经注》研究。他很得意地向我指指点点，这是赵一清的说法，这是全祖望的说法，最后是他自己的说法，说得头头是道。

我对《水经注》没有兴趣，更无研究，听了胡先生的话，觉得他真是用功读书肯用思想。我乘间向他提起："先生青年写《庐山游记》，考证一个和尚的墓碑，写了八千多字，登在《新月》上，还另印成一个小册，引起常燕生先生一篇批评，他说先生近于玩物丧志，如今这样地研究《水经注》，是否值得？"胡先生说："不然。我是提示一个治学的方法。前人著书立说，我们应该是者是之，非者非之，冤枉者为之辩诬，作伪者为之揭露。我花了这么多力气，如果能为后人指示一个做学问的方法，不算是白费。"胡先生引用佛书上常用的一句话"功不唐捐"，没有工夫是白费的。我私下里想，工夫固然不算白费，但是像胡先生这样一个人，用这么多工夫，做这样的工作，对于预期可能得到的效果，是否成比例，似不无疑问，不止我一个人有这样的想法。一九五九年十二月二十七日，报纸副刊登了一首康华先生的诗，题目是《南港，午夜不能成寐，有怀胡适之先生》，我抄在下面：

> 你静悄悄地躲在南港，
>
> 不知道这几天是何模样。
>
> 莫非还在东找西翻，
>
> 为了那个一百二十岁的和尚？

听说你最近有过去处，

又在埋头搞那《水经注》。

为何不踏上新的征途，

尽走偏僻的老路？

自然这一切却也难怪，

这是你的兴趣所在。

何况一字一句校勘出来，

其乐也甚于掘得一堆金块。

并且你也有很多的道理，

更可举出很多的事例。

总之何足惊奇！

这便是科学的方法和精神所寄。

不过这究竟是个太空时代，

人家已经射了一个司普尼克，

希望你领着我们赶上前来，

在这一方面做几个大胆的假设！

我午夜枕上思前想后，

牵挂着南港的气候。

当心西伯利亚和隔海的寒流，

会向着我们这边渗透！

一九五九年十二月十九日

这首诗的意思很好，写得也宛转敦厚，尤其是胡适之式的白话诗体，最能打动胡先生的心。他初不知此诗作者为谁，但是他后来想到康是健康的康，华是中华的华，他也就猜中了。他写了这样一封信给此诗作者（后亦刊于中副）：

××兄：

近来才知道老兄有"康华"的笔名，所以我特别写封短信，向你道谢赠诗的厚意。我原想做一首诗答"康华"先生，等诗成了，再写信；可惜我多年不做诗了，至今还没有写成，所以先写信道谢。诗若写成，一定先寄给老兄。

你的诗猜中了！在你做诗的前几天，我"还在东找西翻，为了那个一百二十岁的和尚"写了一篇《三勘虚云和尚年谱》的笔记，被陈汉光先生在中国台湾风物上发表了。原意是写给老兄转给"康华"诗人看的，现在只好把印本寄呈了。

老兄此诗写得很好，我第一天见了就剪下来粘在日记里，自记云："康华不知是谁？这诗很明白流畅，很可读。"

我在"民国"十八年一月曾拟《中国科学社的社歌》，其中第三节的意思颇像大作的第三节。今将剪报一纸寄给老兄，请指正。

敬祝

新年百福

弟适上

一九六〇年一月四日

附：

《尝试》集外诗：拟中国科学社的社歌

我们不崇拜自然，

他是个刁钻古怪。

我们要捶他、煮他，

要使他听我们指派。

我们叫电气推车，

我们叫以太送信，——

把自然的秘密揭开，

好叫他来服侍我们人。

我们唱天行有常，

我们唱致知穷理。

不怕他真理无穷，

进一寸有一寸的欢喜。

　　胡先生的思想好像到了晚年就停滞不进。考证《虚云和尚年谱》，研究《水经注》，自有其价值，但不是我们所期望于胡先生的领导群众的大事业。于此我有一点解释。一个人在一生中有限的岁月里，能做的事究竟不多。真富有创造性或革命性的大事，除了领导者本身才学经验之外，还有时代环境的影响，交相激荡，乃能触机而发，震烁古今。少数人登高一呼，多数人闻风景从。胡先生领导白话文运动，倡导思想自由，弘扬人权思想，均应作如是观。所以我们对于一个曾居于领导地位的人不可期望过奢。胡先生常说"但开风气不为师"。开风气的事，一生能做几次？

　　胡先生的人品，比他的才学，更令人钦佩。蒋先生在南港胡墓横题四个大字"德学俱隆"是十分恰当的。

胡先生名满天下，但是他实在并不好名。有一年胡先生和马君武、丁在君、罗努生做桂林之游，所至之处，辄为人包围。胡先生说："他们是来看猴子！"胡先生说他实在是为名所累。

胡先生的婚姻常是许多人谈论的题目，其实这是他的私事，不干他人。他结婚的经过，在他《四十自述》里已经说得明白。他重视母命，这是伟大的孝道，他重视一个女子的毕生幸福，这是伟大的仁心。幸福的婚姻，条件很多，而且有时候不是外人所能充分理解的。没有人的婚姻是没有瑕疵的，夫妻胖合，相与容忍，这婚姻便可维持于长久。"五四"以来，社会上有很多知名之士，视糟糠如敝屣，而胡先生没有走上这条路。我们敬佩他的为人，至于许许多多琐琐碎碎的捕风捉影之谈，我们不敢轻信。

大凡真有才学的人，对于高官厚禄可以无动于衷，而对于后起才俊则无不奖爱有加。梁任公先生如此，胡先生亦如此。他住在米粮库的那段期间，每逢星期日"家庭开放"，来者不拒，经常是高朋满座，包括许多慕名而来的后生。这表示他不仅好客，而且于旧雨今雨之外还隐隐然要接纳一般后起之秀。有人喜欢写长篇大论的信给他，向他请益，果有一长可取，他必认真作答，所以现在有很多人藏有他的书札。他借频繁的通信认识了一些年轻人。

　　大约二十年前，由中国台湾到美国去留学进修是相当困难的事，至少在签证的时候两千美元存款的保证就很难筹措。胡先生有一笔款，前后贷给一些青年助其出国，言明希望日后归还，以便继续供应他人。有人问他为什么要这样做，他说："这是获利最多的一种投资。你想，以有限的一点点的钱，帮个小忙，把一位有前途的青年送到国外进修，一旦所学有成，其贡献无法计量，岂不是最划得来的投资？"他这样做，没有一点私心，我且举一例。师范大学有一位理工方面的助教，学业成绩异常优秀，得到了美国某大学的全份奖学金，就是欠缺签证保证，无法成行。理学院长陈可忠先生、校长刘白如先生对我谈起，我就建议由我们三个联名求助于胡先生。就凭我们这一封信，胡先生慨然允诺，他回信说：

　　可忠 白如 实秋三兄：

　　　　示悉。×××君事，理应帮忙，今寄上 Cashier's check 一张，可交×××君保存。签证时此款即可生效。将来他到了学校，可将此款由当地银行取出，存入他自己名下，便中用他自己的支票寄还我。

　　匆匆敬祝

　　大安

弟适之

一九五五年六月十五日

　　像这样近于仗义疏财的事他做了多少次，我不知道。我相信，受过他这样提携的人会永久感念他的恩德。

　　胡先生喜欢谈谈政治，但是无意仕进。他最多不过提倡人权，为困苦的平民抱不平。他讲人权的时候，许多人还讥笑他，说他是十八世纪的思想，说他讲的是崇拜天赋人权的陈腐思想。人权的想法是和各种形式的独裁政治格格不入的。在这一点上，胡先生的思想没有落伍，依然是站在时代的前端。他不反对学者从政，他认为好人不出来从政，政治如何能够清明？所以他的一些朋友走入政界，他还鼓励他们，只是他自己不肯踏上仕途。行宪开始之前，蒋先生推荐他做第一任的总统，他都不肯做。他自己知道他不是做政治家的材料。我记得有些人士想推他领导一个政治运动，他谦逊不遑地说："我不能做实际政治活动。我告诉你，我从小是生长于妇人之手。"这句

157

话是什么意思？生长于妇人之手，是否暗示养成"妇人之仁"的态度？是否指自己胆小，不够心狠手辣？当时看他说话的态度十分严肃，大家没好追问下去。

抗战军兴，国家民族到了最后关头，他奉派为驻美大使。他接受了这个使命。政府有知人之明，他有临危受命的勇气。没有人比他更适合于这个工作，而在他是不得已而为之。数年任内，仆仆风尘，做了几百次讲演，心力交瘁。大使有一笔特支费，是不需报销的。胡先生从未动用过一文，原封缴还国库，他说："旅行演讲有出差交通费可领，站在台上说话不需要钱，特支何为？"像他这样廉洁，并不多，以我所知，罗文干先生做外交部部长便是一个不要特支费的官员。此种事鲜为外人所知，即使有人传述，亦很少有人表示充分的敬意，太可怪了。

我认识胡先生很晚，亲炙之日不多，顶多不过十年，而且交往不密，连师友之间的关系都说不上，所以我没有资格传述先生盛德于万一。不过在我的生活回忆之中也有几件有关系的事值得一提。

一桩事是关于莎士比亚的翻译。我从未想过翻译莎士比亚，觉得那是非常艰巨的事，应该让有能力的人去做。我在清华读书的时候，读过《哈姆雷特》《朱利阿斯·西撒 ① 》等几个戏，巢堃林教授教我们读魁勒·考赤的《莎士比亚历史剧本事》，在美国读书的时候上过哈佛的吉退之教授的课，他教我们读了《麦克白》与《亨利四世·上篇》，同时看过几部莎氏剧的上演。我对莎士比亚的认识仅此而已。翻译四十本莎氏全集是想都不敢想的事。"民国"十九年底，胡先生开始任事于中华教育文化基金董事会（即美国庚款委员会）的翻译委员会，他一向热心于翻译事业，现在有了基金会支持，他就想规模地进行。约五年之内出版了不少作品，包括关琪桐先生译的好几本哲学书，如培根的《新工具》等，罗念先生译的希腊戏剧数种，张谷若先生译的哈代小说数种，陈绵先生译的法国戏剧数种，还有我译的莎士比亚数种。如果不是日寇发动侵略，这个有计划而且认真的翻译工作会顺利展开，可惜抗战一起，这个工作暂时由张子高先生负责了一个简略时期之后便停止了。

胡先生领导莎士比亚翻译工作的经过，我毋庸细说，我在这里公开胡先生的几封信，可以窥见胡先生当初如何热心发动

① 朱利阿斯·西撒：现译作尤利乌斯·恺撒（前 100 或前 102—前 44），罗马共和国末期杰出的军事统帅、政治家，以其优越的才能成为罗马帝国的奠基者。

这个工作。原拟五个人担任翻译，闻一多、徐志摩、叶公超、陈西滢和我，期以五年十年完成，经费暂定为五万元。我立刻就动手翻译，拟一年交稿两部。没想到另外四位始终没有动手，于是这工作就落在我一个人头上了。在抗战开始时我完成了八部，四部悲剧四部喜剧，抗战期间又完成了一部历史剧，以后拖拖拉拉三十年终于全集译成。胡先生不是不关心我的翻译，他曾说在全集译成之时他要举行一个盛大酒会，可惜全集译成开了酒会之时他已逝世了。有一次他从中国台北乘飞机到美国去开会，临行前他准备带几本书在飞行中阅读。那时候我译的《亨利四世·下篇》刚好由明华书局出版不久，他就选了这本书作为他的空中读物的一部分。他说："我要看看你的译本能不能令我一口气读下去。"胡先生是最讲究文字清楚明白的，我的译文是否够清楚明白，我不敢说，因为莎士比亚的文字有时候也够艰涩的。以后我没的机会就这件事向胡先生请教。

领导我、鼓励我、支持我，使我能于断断续续三十年间完成莎士比亚全集的翻译者，有三个人：胡先生、我的父亲、我的妻子。

另一桩事是胡先生于"民国"二十三年约我到北京大学去担任研究教授兼外文系主任。北大除了教授名义之外，还有所谓名誉教授与研究教授的名义，名誉教授是对某些资深教授的礼遇，固无论矣，所谓研究教授则是胡先生的创意，他想借基金会资助吸收一些比较年轻的人到北大，作为生力军，新血轮，待遇比一般教授高出四分之一，授课时数亦相当减少。原有的教授之中也有一些被聘为研究教授的。我在青岛教书已有四年，原无意他往，青岛山明水秀，民风淳朴，是最宜于长久居住的地方。承胡先生不弃，邀我去北大，同时我的父母也不愿我久在外地，希望我回北平住在一起。离青岛去北平，弃小家庭就大家庭，在我是一个很重大的决定，然而我毕竟去了。只是胡先生对我的期望过高，短期间内能否不负所望实在没有把握。我现在披露胡先生的几封信札，我的用意在说明胡先生主北大文学院时的一番抱负。胡先生的做法不是没有受到讥诮，我记得那一年共阅入学试卷的时候，就有一位年龄与我相若的先生故意地当众高声说："我这个教授是既不名誉亦不研究！"大有愤愤不平之意。

胡先生，和其他的伟大人物一样，平易近人。"温而厉"是最好的形容。我从未见过他大发雷霆或是盛气凌人，他对待年轻人、属下、仆人，永远是一副笑容可掬的样子。就是遭遇到挫折侮辱的时候，他也不失其常。"其心休休然，其如有容。"

一九六〇年七月，美国华盛顿大学得福德基金会之资助在西雅图召开学术合作会议，中国台湾方面出席的人除胡先生外还有钱思亮、毛子水、徐道邻、李先闻、彭明敏和我以及其他几个人。最后一次集会之后，胡先生私下里掏出一张影印的信件给我看。信是英文（中国式的英文）写的，由七八个人署名，是写给华盛顿大学校长欧地嘉德的，内容大致说胡适等人非经学术团体推选，亦未经合法委派，不足以代表中国台湾，而且胡适思想与中华传统文化大相剌谬，更不足以言中华文化云云。我问胡先生如何应付，他说："给你看看，不要理他。"我觉得最有讽刺性的一件事是，胡先生在台北起行前之预备会中，经公推发表一篇开幕演讲词，胡先生谦逊不遑，他说不知说什么好，请大家提供意见，大家默然。我当时想起胡先生平素常说他自己不知是专攻哪一门，勉强地说可以算是研究历史的。于是我就建议胡先生就中国文化传统做一概述，再阐说其未来。胡先生居然首肯，在正式会议上发表一篇极为精彩的演说。原文是英文，但是一九六〇年七月二十一日在报纸有中文翻译，连载三天。题目就是《中国之传统与将来》。译文是胡先生的手笔，抑是由别人翻译，我不知道。此文在教育资料馆《教育文摘》第五卷第七八号《东西文化交流》专辑又转载过一次。恐怕看过的人未必很多。此文也可以说是胡先生晚年自撰全部思想的一篇概述。他对中国文化传统有客观的叙述，对中国文化之未来有乐观的展望。无论如何，不能说胡先生是中国传统的叛徒。

在上海的时候，胡先生编了一本《宋人评话》，亚东出版，好像是六种，其中一种述说海陵王荒淫无道，当然涉及猥亵的描写，不知怎样的就被巡捕房没收了。胡先生很不服气，认为评话是我国小说史中很重要的一环，历代重要典藏均有著录，而且文学作品涉及性的叙说也是寻常事，中外皆然，不足为病。因而他去请教律师郑天锡先生，郑先生说："没收是不合法的，如果刊行此书犯法，先要追究犯法的人，处以应得之罪，然后才能没收书刊，没收是附带的处分。不过你若是控告巡捕房，恐怕是不得值的。"于是胡先生也就没有抗辩。

有一天我们在胡先生家里聚餐，徐志摩像一阵旋风似的冲了进来，抱着一本精装的厚厚的大书。是德文的色情书，图文并茂。大家争着看，胡先生说："这种东西，包括改七芗仇十洲的画在内，都一览无遗，不够趣味。我看过一张画，不记得是谁的手笔，一张床，垂下了芙蓉帐，地上一双男鞋，一双红绣鞋，床前一只猫蹲着抬头看帐钩，还算有一点含蓄。"大家听了为之粲然。我提起这桩小事，说明胡先生尽管是圣人，也有他的轻松活泼的一面。

忆冰心

顾一樵先生来，告诉我冰心和老舍先后去世。我将信将疑。冰心今年六十九岁，已近古稀，传出死讯，无可惊异。读《清华学报》新七卷第一期（一九六八年八月刊），施友忠先生有一文里面提到冰心，但是没有说她已经去世。最近谢冰莹先生在《作品》第二期（一九六八年十一月）里有《哀冰心》一文，则明言"冰心和她的丈夫吴文藻双双服毒自杀了"。看样子，她是真死了。她在日本的时候写信给赵清阁女士说："将来必有一天我死了都没有人哭。"似是一语成谶！可是"双双服毒"，此情此景，能不令远方的人一洒同情之泪？

初识冰心的人都觉得她不是一个令人容易亲近的人，冷冷的好像要拒人于千里之外。她的《繁星》《春水》发表在《晨报副刊》的时候，风靡一时，我的朋友中如时昭瀛先生便是最为倾倒的一个。他逐日剪报，后来精裱成一长卷，在美国和冰心相遇的时候恭恭敬敬地献给了她。我在《创造周报》第十二期（一九二三年七月二十九日）写过一篇《〈繁星〉与〈春水〉》，我的批评是很保守的，我觉得那些小诗里理智多于情感，作者不是一个热情奔放的诗人，只是泰戈尔小诗影响下的一个冷峻的说理者。就在这篇批评发表后不久，于赴美途中在"杰克逊总统号"的甲板上不期而遇。经许地山先生介绍，寒暄一阵之后，我问她："您到美国修习什么？"她说："文学。"她问我："您修习什么？"我说："文学批评。"话就谈不下去了。

在海船上摇晃了十几天，许地山、顾一樵、冰心和我都不晕船，我们兴致勃勃地办了一份文学性质的壁报，张贴在客舱入口处，后来我们选了十四篇送给《小说月报》，发表在第十一期（一九二三年十一月十日），作为一个专辑，就用原来壁报的名称《海啸》。其中有冰心的诗三首：《乡愁》《惆怅》《纸船》。

"民国"十三年秋我到了哈佛，冰心在威尔斯莱女子学院，同属于波士顿地区，相距约一个多小时火车的路程。遇有假期，我们几个朋友常去访问冰心，邀她泛舟于慰冰湖。冰心也常乘星期日之暇到波士顿来做杏花楼的座上客。我逐渐觉得她不是恃才傲物的人，不过对人有几分矜持，至于她的胸襟之高超，感觉之敏锐，性情之细腻，均非一般人所可企及。

"民国"十四年三月二十八日，波士顿一带的中国学生在"美国剧院"公演《琵琶记》，剧本是顾一樵改写的，由我译成英文。我饰蔡中郎，冰心饰宰相之女，谢文秋女士饰赵五娘。逢场作戏，不免谐浪。后谢文秋与同学朱世明先生订婚，冰心就调侃我说："朱门一入深似海，从此秋郎是路人。""秋郎"二字来历在此。

冰心喜欢海，她父亲是海军中人，她从小曾在烟台随侍过一段期间，所以和浩瀚的海洋结下不解缘，不过在她的作品里嗅不出梅思斐尔的"海洋热"。她憧憬的不是骇浪滔天的海水，不是浪迹天涯的海员生涯，而是在海滨沙滩上拾贝壳，在静静的海上看冰轮乍涌。我"民国"十九年到青岛，一住四年，几乎天天与海为邻，几次三番地写信给她，从没有忘记提到海，告诉她我怎样陪同太太带着孩子到海边捉螃蟹，掘沙土，捡水母，听灯塔呜呜叫，看海船冒烟在天边逝去，我的意思是逗她到青岛来。她也很想来过一个暑季，她来信说："我们打算住两个月，而且因为我不能起来的缘故，最好是海涛近接于几席之下。文藻想和你们逛山散步，泅水，我则可以倚枕倾聆你们的言论。……我近来好多了，医生许我坐火车，大概总是有进步。"
但是她终于不果来，倒是文藻因赴邹平开会之便到舍下盘桓了
三五天。

冰心健康情形一向不好，说话的声音不能大，甚至是有上
气无下气的。她一到了美国不久就呕血，那著名的《寄小读
者》大部分是在医院床上写的。以后她一直时发时愈，缠绵病
榻。有人以为她患肺病，那是不确的。她给赵清阁的信上说：
"肺病绝不可能。"给我的信早就说得更明白："为慎重起见，遵
协和医嘱重行检验一次，X光线，取血，闹了一天，据说我的
肺倒没毛病，是血管太脆。"她呕血是周期性的，有时事前可以
预知，她多么想看青岛的海，但是不能来，只好叹息："我无有
言说，天实为之！"她的病严重地影响了她的创作生涯，甚至
比照管家庭更妨碍她的写作，实在是太可惋惜的事。抗战时她
先是在昆明，我写信给她，为了一句戏言，她回信说："你问我
除生病之外，所做何事。像我这样不事生产，当然使知友不满
之意溢于言外。其实我到呈贡之后，只病过一次，日常生活都
在跑山望水、柴米油盐、看孩子中度过……"在抗战期中做一
个尽职的主妇真是谈何容易，冰心以病躯肩此重任，是很难为
她了。她后来迁至四川的歌乐山居住，我去看她，她一定要我

试一试他们睡的那一张弹簧床。我躺上去一试，真软，像棉花团，文藻告诉我他们从北平出来什么也没带，就带了这一张庞大笨重的床，从北平搬到昆明，从昆明搬到歌乐山，没有这样的床她睡不着觉！

歌乐山在重庆附近算是风景很优美的一个地方。冰心的居处在一个小小的山头上，房子也可以说是洋房，不过墙是土砌的，窗户很小很少，里面黑黝黝的，而且很潮湿。倒是门外有几十棵不大不小的松树，秋声萧瑟，瘦影参差，还值得令人留恋。一般人以为冰心养尊处优，以我所知，她在抗战期间并不宽裕，歌乐山的寓处也是借住的。

抗战胜利后，文藻任职我国驻日军事代表团，这一段时间才是她一生享受最多的，日本的园林之胜是她所最为爱好的，日常的生活起居也由当地政府照料得无微不至。下面是她到东京后两年写给我的一封信：

实秋：

九月廿六信收到。昭涵到东京，待了五天，我托他把那部日本版杜诗带回给你（我买来已有一年了），到临走时他也忘了，再寻便人罢。你要吴清源

和本因坊的棋谱，我已托人收集，当陆续奉寄。清
阁在北平（此信给她看看），你们又可以热闹一下。
我们这里倒是很热闹，甘地所最恨的鸡尾酒会，这
里常有！也累，也最不累，因为你可以完全不用脑
筋说话，但这里也常会从万人如海之中飘闪出一两
个"惊才绝艳"，因为过往的太多了，各国的全有，
淘金似的，会浮上点金沙。除此之外，大多数是职
业外交人员，职业军人，浮嚣的新闻记者，言语无
味，面目可憎。在东京两年，倒是一种经验，在生
命中算是很有趣的一段。文藻照应忙，孩子们照应，
身体倒都不错，我也好。宗生不常到你处罢？他说
高三功课忙得很，明年他想考清华，谁知道明年又
怎么样？北平人心如何？看报仿佛不大好。东京下
了一场秋雨，冷得美国人都披上皮大衣，今天又放
了晴，天空蓝得像北平，真是想家得很！你们吃炒
栗子没有？

　　请嫂夫人安

冰心

十月十二日

一九四九年六月我来到中国台湾，接到冰心、文藻的信，信中说他们很高兴听到我来台的消息，但是一再叮咛要我立刻办理手续前往日本。风雨飘摇之际，这份友情当然可感，但是我没有去。此后就消息断绝。"无有言说，天实为之！"

忆老舍

　　我最初读老舍的《赵子曰》《老张的哲学》《二马》，未识其人，只觉得他以纯粹的北平土语写小说颇为别致。北平土语，像其他主要地区的土语一样，内容很丰富，有的是俏皮话儿、歇后语、精到出色的明喻暗譬，还有许多有声无字的词字。如果运用得当，北平土话可说是非常的生动有趣；如果使用起来不加检点，当然也可能变成为油腔滑调的"耍贫嘴"。以土话入小说本是小说家常用的一种技巧，可使对话格外显得活泼，可使人物性格显得真实突出。若是一部小说从头到尾，不分对话叙述或描写，一律使用土话，则自《海上花》一类的小说以后并不多见。我之所以注意老舍的小说者盖在于此。胡适先生对于老舍的作品评价不高，他以为老舍的幽默是勉强造作的。但一般人觉得老舍的作品是可以接受的，甚至颇表欢迎。

抗战后，老舍有一段期间住在北碚，我们时相过从。他又黑又瘦，甚为憔悴，平常总是佝偻着腰，迈着四方步，说话的声音低沉、徐缓，但是有风趣。他和老向住在一起，生活当然是很清苦的。在名义上他是中国文艺界抗敌协会的负责人，事实上这个组织的分子很复杂，有不少野心分子企图从中操纵把持。老舍对待谁都是一样的和蔼亲切，存心厚道，所以他的人缘好。

有一次北碚各机关团体以编译馆为首发起募款劳军晚会，一连两晚，盛况空前，把北碚儿童福利试验区的大礼堂挤得水泄不通。礼乐馆的张充和女士多才多艺，由我出面邀请，会同编译馆的姜作栋先生（名伶钱金福的弟子），合演一出《刺虎》，唱作之佳至今令人不能忘。在这一出戏之前，垫一段对口相声。这是老舍自告奋勇的，蒙他选中了我做搭档，头一晚他"逗哏"我"捧哏"，第二晚我逗他捧，事实上挂头牌的当然应该是他。他对相声特有研究。在北平长大的谁没有听过焦德海、草上飞？但是能把相声全本大套地背诵下来则并非易事。如果我不答应上台，他即不肯露演，我为了劳军只好勉强同意。老舍嘱咐我说："说相声第一要沉得住气，放出一副冷面孔，永远不许笑，而且要控制住观众的注意力，用干净利落的口齿在说到紧要处使出全副气力斩钉截铁一般迸出一句俏皮话，则全场必定爆出一片彩声哄堂大笑，用句术语来说，这叫作'皮儿薄'，言其一戳即破。"我听了之后连连辞谢说："我办不了，我的皮儿不薄。"他说："不要紧，咱们练着瞧。"于是他把词儿写出来，一段是《新洪羊洞》，一段是《一家六口》，这都是老相声，谁都听过。相声这玩意儿不嫌其老，越是经过千锤百炼的玩意儿越惹人喜欢，借着演员的技艺风度之各有千秋而永远保持新鲜的滋味。相声里面的粗俗玩笑，例如"爸爸"二字刚一出口，对方就得赶快顺口搭腔地说声"啊"，似乎太无聊，但是老舍坚持不能删免，据他看相声已到了至善至美的境界，不可稍有损益。是我坚决要求，他才同意在用折扇敲头的时候只要略为比画而无须真打。我们认真地排练了好多次。到了上演的那一天，我们走到台的前边，泥雕木塑一般绷着脸肃立片刻，观众已经笑不可抑，以后几乎只能在阵阵笑声之间的空隙进行对话。该用折扇敲头的时候，老舍不知是一时激动忘形，还是有意违反诺言，抡起大折扇狠狠地向我打来，我看来势不善，向后一闪，折扇正好打落了我的眼镜。说时迟，那时快，我手掌向上两手平伸，正好托住那落下来的眼镜，我保持那个姿势不动，彩声历久不绝，有人以为这是一手绝活儿，还高呼："再来一回！"

老舍的才华是多方面的，长短篇的小说、散文、戏剧、白话诗，无一不能，无一不精。而且他有他的个性，绝不俯仰随人。我现在捡出一封老舍给我的信，是他离开北碚之后写的，那时候他的夫人已自北平赶来四川，但是他的生活更陷于苦闷。他患有胃下垂的毛病，割盲肠的时候用一小时余还寻不到盲肠，后来在腹部的左边找到了。这封信附有七律五首，由此我们也可窥见他当时的心情的又一面。

前几年王敬羲从香港剪写老舍短文一篇，可惜未注明写作或发表的时间及地点，题为《春来忆广州》，看他行文的气质，已由绚烂趋于平淡，但是有一缕惆怅悲哀的情绪流露在字里行间。听说他去年已做了九泉之客，又有人说他尚在人间。是耶非耶，其孰能辨之？兹将这一小文附录于后：

　春来忆广州

　　我爱花。因气候、水土等关系，在北京养花，颇为不易。冬天冷，院里无法摆花，只好都搬到屋里来。每到冬季，我的屋里总是花比人多，形势逼

174

人！屋中养花，有如笼中养鸟，即使用心调护，也养不出个样子来。除非特建花室，实在无法解决问题。我的小院里，又无隙地可建花室！

一看到屋中那些半病的花草，我就立刻想起美丽的广州来。去年春节后，我不是到广州住了一个月吗？哎呀，真是了不起的好地方！人极热情，花似乎也热情！大街小巷，院里墙头，百花齐放，欢迎客人，真是"交友看花在广州"啊！

在广州，对着我的屋门便是一株象牙红，高与楼齐，盛开着一丛红艳夺目的花儿，而且经常有很小的小鸟，钻进那朱红的小"象牙"里，如蜂采蜜。真美！只要一有空儿，我便坐在阶前，看那些花与小鸟。在家里，我也有一棵象牙红，可是高不及三尺，而且是种在盆子里。它入秋即放假休息，入冬便睡大觉，且久久不醒，直到端阳左右，它才开几朵先天不足的小花，绝对没有那种秀气的小鸟做伴！

现在，它正在屋角打盹，也许跟我一样，正想念它的故乡广东吧？

春天到来，我的花草还是不易安排：早些移出去吧，怕风霜侵犯；不搬出去吧，又都发出细条嫩叶，很不健康。这种细条子不会长出花来。看着真令人焦心！

好容易盼到夏天，花盆都运至院中，可还不完全顺利。院小，不透风，许多花儿便生了病。特别由南方来的那些，如白玉兰、栀子、茉莉、小金橘、茶花……也不知怎么就叶落枝枯，悄悄死去。因此，我打定主意，在买来这些比较娇贵的花儿之时，就认为它们不能长寿，尽到我的心，而又不做幻想，以免枯死的时候落泪伤神。同时，也多种些叫它死也不肯死的花草，如夹竹桃之类，以期老有些花儿看。

夏天，北京的阳光过暴，而且不下雨则已，一下就是倾盆倒海而来，势不可挡，也不利于花草的生长。

秋天较好，可是忽然一阵冷风，无法预防，娇嫩些的花儿就受了重伤。于是，全家动员，七手八脚，往屋里搬呀，各屋里都挤满了花盆，人们出来进去都须留神，以免绊倒！

　　真美慕广州的朋友们，院里院外，四季有花，而且是多么出色的花呀！白玉兰高达数丈，干子比我的腰还粗！英雄气概的木棉，昂首天外，开满大红花，何等气势！就连普通的花儿，四季海棠与绣球什么的，也特别壮实，叶茂花繁，花小而气魄不小！看，在冬天，窗外还有结实累累的木瓜呀！真没法儿比！一想起花木，也就更想念朋友们！

忆沈从文

一九六八年六月九日，井心先生在报纸上记载着："以写作手法新颖，自成一格……的作者沈从文，不久以前逝世……"

接着又说，"他出身行伍，而以文章闻名；自称小兵，而面目姣好如女子，说话、态度尔雅、温文……""他写得一手娟秀的《灵飞经》……"这几句话描写得确切而生动，使我想起沈从文其人。

我现在先发表他一封信，大概是"民国"十九年间他在上海时候写给我的。信的内容没有什么可注意的，但是几个字写得很挺拔而俏丽。他最初以"休芸芸"的笔名向《晨报副镌》投稿时，用细尖钢笔写的稿子就非常出色，徐志摩因此到处揄

扬他。后来他写《阿丽思中国游记》分期刊登《新月》，我才有
机会看到他的笔迹，果然是秀劲不凡。

从文虽然笔下洋洋洒洒，却不健谈，见了人总是低着头羞
答答的，说话也是细声细气。关于他"出身行伍"的事他从不
多谈。他在十九年三月写过一篇《从文自序》，关于此点有清楚
的交代，他说："因为生长地方为清时屯戍重镇，绿营制度到近
年尚依然存在，故于过去祖父曾入军籍，做过一次镇守使，现
在兄弟及父亲皆仍在军籍中做中级军官。因地方极其偏僻，与
苗民杂处聚居，教育文化皆极低落，故长于其环境中的我，幼
小时显出生命的那一面，是放荡与诡诈。十二岁我曾受过关于
军事的基本训练，十五岁时随军外出曾做上士。后到沅州，为
一城区屠宰收税员，不久又以书记名义，随某剿匪部队在川、
湘、鄂、黔四省边上过放纵野蛮约三年。因身体衰弱，年龄渐
长，从各种生活中养成了默想与体会人生趣味的习惯，对于
过去生活有所怀疑，渐觉有努力位置自己在一陌生事业上之必
要。因这憧憬的要求，糊糊涂涂地到了北京。"这便是他早年从
军经过的自白。

由于徐志摩的吹嘘，胡适之先生请他到中国公学教语文，

这是一件极不寻常的事，因为一个没有正常的适当的学历资历的青年而能被人赏识于牝牡骊黄之外，是很不容易的。从文初登讲坛，怯场是意中事，据他自己说，上课之前做了充分准备，以为资料足供一小时使用而有余，不料面对黑压压一片人头，三言两语地就把要说的话都说完了，剩下许多时间非得临时编造不可，否则就要冷场，这使他颇为受窘。一位教师不善言辞，不算是太大的短处，若是没有足够的学识便难获得大家的敬服。因此之故，从文虽然不是顶会说话的人，仍不失为成功的受欢迎的教师。记问之学不足以为人师，需要有启发别人的力量才不愧为人师，在这一点上从文有他独到之处，因为他有丰富的人生经验和好学深思的性格。

在中国公学一段时间，他最大的收获大概是他的婚姻问题的解决。英语系的女生张兆和女士是一个聪明用功而且秉性端庄的小姐，她的家世很好，多才多艺的张充和女士便是她的胞姊。从文因授课的关系认识了她，而且一见钟情。凡是沉默寡言笑的人，一旦堕入情网，时常是一往情深，一发而不可收。从文尽管颠倒，但是没有得到对方青睐。他有一次急得想要跳楼。他本有流鼻血的毛病，几番挫折之后苍白的面孔愈发苍白了。他会写信，以纸笔代喉舌。张小姐实在被缠不过，而且师生恋爱声张开来也是令人很窘的，于是有一天她带着一大包从文写给她的信去谒见胡校长，请他做主制止这一扰人举动的发展。她指出了信中这样的一句话："我不仅爱你的灵魂，我也要你的肉体。"她认为这是侮辱。胡先生皱着眉头，板着面孔，细心听她陈述，然后绽出一丝笑容，温和地对她说："我劝你嫁给他。"张女士吃了一惊，但是禁不住胡先生诚恳的解说，居然急转直下默不作声地去了。胡先生曾自诩善于为人作伐，从文的婚事得谐便是他常常乐道的一例。

在青岛大学从文教语文，大约一年多就随杨振声（今甫）先生离开青岛到北平居住。今甫到了夏季就搬到颐和园赁屋消暑，和他做伴的是一位干女儿，他自称过的是帝王生活，优哉游哉地享受那园中的风光湖色。此时从文给今甫做帮手，编中学语文教科书，所以也常常在颐和园出出进进。书编得很精彩，偏重于趣味，可惜不久抗战军兴，书甫编竣，已不合时代需要，故从未印行。

从文一方面很有修养，一方面也很孤僻，不失为一个特立独行之士。像这样不肯随波逐流的人，如何能不做了时代的牺牲？他的作品有四十几种，可谓多产，文笔略带欧化语气，大约是受了阅读翻译文学作品的影响。

此文写过，又不敢相信报纸的消息，故未发表。读聂华苓女士作《沈从文评传》（英文本，一九七二年纽约Twayne Publishers 出版），果然好像从文尚在人间。人的生死可以随便传来传去，真是人间何世！

一九七三年六月二十日，西雅图

记张自忠将军

我与张自忠将军仅有一面之雅，但印象甚深，较之许多常常谋面的人更难令我忘怀。读《传记文学》秦绍文先生的大文，勾起我的回忆，仅为文补充以志景仰。

"民国"二十九年一月我奉命参加国民参政会之华北视察慰劳团，由重庆出发经西安、洛阳、郑州、南阳、宜昌等地，访问了五个战区七个集团军司令部，其中之一便是张自忠将军的防地。他的司令部设在襄樊与当阳之间的一个小镇上，名快活铺。我们到达快活铺的时候大概是在二月中，天气很冷，还降着籁籁的冰霰。我们旅途劳顿，一下车便被招待到司令部。这司令部是一栋民房，真正的茅茨土屋，一明一暗，外间放着一张长方形木桌，环列木头板凳，像是会议室，别无长物，里间是寝室，内有一架大木板床，床上放着薄薄的一条棉被，床前一张木桌，桌上放着一架电话和两三叠镇尺压着的公文，四壁萧然，简单到令人不能相信其中有人居住的程度。但是整洁干净，一尘不染。我们访问过多少个司令部，无论是后方的或是临近前线的，没有一个在简单朴素上能比得过这一个。孙蔚如将军在中条山上的司令部，也很简单，但是也还有几把带靠背的椅子；孙仿鲁将军在唐河的司令部也极朴素，但是他也还有设备相当齐全的浴室。至于那些雄霸一方的骄兵悍将就不必提了。

张将军的司令部固然简单，张将军本人却更简单。他有一个高高大大的身躯，不愧为北方之强，微胖，推光头，脸上刮得光净，颜色略带苍白，穿普通的灰布棉军服，没有任何官阶标识。他不健谈，更不善应酬，可是眉宇之间自有一股沉着坚毅之气，不是英才勃发，是温恭蕴藉的那一类型。他见了我们只是闲道家常，对于政治军事一字不提。他招待我们一餐永不能忘的饭食，四碗菜，一只火锅。四碗菜是以青菜豆腐为主，一只火锅是以豆腐青菜为主。其中也有肉片肉丸之类点缀其间。每人还加一只鸡蛋放在锅子里煮。虽然他直说简慢抱歉的话，我看得出这是他在司令部里最大的排场。这一顿饭吃得我们满头冒汗，宾主尽欢，自从我们出发视察以来，至此已将近尾声，名为慰劳将士，实则受将士慰劳，到处大嚼，直到了快活铺这才心安理得地享受了一餐在战地里应该享受的伙食。珍馐非我之所不欲，设非其时非其地，则顺着脊骨咽下去，不是滋味。

晚间很早地就被打发去睡觉了。我被引到附近一栋民房，一盏油灯照耀之下看不清楚什么，只见屋角有一大堆稻草，我知道那是我的睡铺。在前方，稻草堆就是最舒适的卧处，我是早有过经验的，既暖和又松软。我把随身带的铺盖打开，放在稻草堆上倒头便睡。一路辛劳，头一沾枕便呼呼入梦。俄而轰隆轰隆之声盈耳，惊慌中起来凭窗外视，月明星稀，一片死寂，上刺刀的卫兵在门外踱来踱去，态度很是安详，于是我又回到被窝里，但是断断续续的炮声使我无法再睡了。第二天早晨起来，参谋人员告诉我，这炮声是天天夜里都有的，敌人和我军只隔着一条河，到了黑夜敌人怕我们过河偷袭，所以不时地放炮吓吓我们，表示他们有备，实际上是他们自己壮胆。我军听惯了，根本不理会他们，他们没有胆量开过河来。那么，我们是不是有时也要过河去袭击敌人呢？据说是的，我们经常有部队过河作战，并且有后继部队随时准备出发支援，张将军也常亲自过河督师。这条河，就是襄河。

早晨天仍未晴，冰霰不停，朔风刺骨。司令部前有一广场，是扩大了的打谷场，就在那地方召集了千把名士兵，举行赠旗礼。我们奉上一面锦旗，上面的字样不是"我武维扬"便是"国之干城"之类，我还奉命说了几句话，在露天讲话很难，没讲几句就力竭声嘶了。没有乐队，只有四把喇叭，简单而肃穆。行完礼张将军率领部队肃立道边，送我们登车而去。

回到重庆，大家争来问讯，问我在前方有何见闻。平时足不出户，哪里知道前方的实况？真是一言难尽。军民疾苦，惨不忍言，大家只知道"前方吃紧，后方紧吃"，其实亦不尽然，后方亦有不紧吃者，前方亦有紧吃者，大概高级将领之能刻苦自律如张自忠将军者实不可多觏。我尝认为，自奉俭朴的人方能成大事，讷涩寡言笑的人方能立大功。果然五月七日夜张自忠将军率部渡河解救友军，所向皆捷，不幸陷敌重围，于十六日壮烈殉国！大将陨落，举国震悼。

张将军灵榇由重庆运至北碚河干，余适寓北碚，亲见民众感情激动，群集江滨。遗榇厝于北碚附近小镇天生桥之梅花山。山以梅花名，并无梅花，仅一土丘蜿蜒公路之南侧，此为由青木关至北碚必经之在，行旅往还辄相顾指点："此张自忠将军忠骨长埋之处也。"

将军之生平与为人，余初不甚了了，唯"七七事变"前后余适在北平，对于二十九军诸将领甚为敬佩与同情，其谋国之忠与作战之勇，视任何侪辈皆无逊色，谓予不信，请看张自忠将军之事迹。

我的一位语文老师

我在十八九岁的时候，遇见一位教语文的先生，他给我的印象最深，使我受益也最多，我至今不能忘记他。

先生姓徐，名镜澄，我们给他取的绰号是"徐老虎"，因为他凶。他的相貌很古怪，他的脑袋的轮廓是有棱有角的，很容易成为漫画的对象。头很尖，秃秃的、亮亮的，脸形却是方方的、扁扁的，有些像《聊斋志异》绘图中的夜叉的模样。他的鼻子、眼睛、嘴好像是过分地集中在脸上很小的一块区域里。他戴一副墨晶眼镜，银丝小镜框，这两块黑色便成了他脸上最显著的特征。我常给他漫画，勾一个轮廓，中间点上两块椭圆形的黑块，便惟妙惟肖。他的身材高大，但是两肩总是耸得高高，鼻尖有一些红，像酒糟的，鼻孔里常常地藏着两筒清水鼻

涕，不时地吸溜着，说一两句话就要用力地吸溜一声，有板有
眼有节奏，也有时忘了吸溜，走了板眼，上唇上便亮晶晶地吊
出两根玉箸，他用手背一抹。他常穿的是一件灰布长袍，好像
是在给谁穿孝，袍子在整洁的阶段时我没有赶得上看见，余生
也晚，我看见那袍子的时候即已油渍斑斓。他经常是仰着头，
迈着八字步，两眼望青天，嘴撇得瓢儿似的。我很难得看见他
笑，如果笑起来，是狞笑，样子更凶。

　　我的学校很特殊的。上午的课全是用英语讲授，下午的课
全是汉语讲授。上午的课很严，三日一问，五日一考，不用功
便要被淘汰，下午的课稀松，成绩与毕业无关。所以每到下午
上汉语之类的课程，学生们便不踊跃，课堂上常是稀稀拉拉的
不大上座，但教员用拿毛笔的姿势举着铅笔点名的时候，学生
却个个都到了，因为一个学生不只答一声到。真到了的学生，
一部分从事午睡，微发鼾声，一部分看小说如《官场现形记》
《玉梨魂》之类，一部分写"父母亲大人膝下"式的家书，一部
分干脆瞪着大眼发呆，神游八表，有时候逗先生开玩笑。语文
先生呢，大部分都是年高有德的，不是榜眼，就是探花，再不
就是举人。他们授课也不过是奉行故事，乐得敷敷衍衍。在这
种糟糕的情形之下，徐老先生之所以凶，老是绷着脸，老是开

口就骂人，我想大概是由于正当防卫吧。

有一天，先生大概是多喝了两盅，摇摇摆摆地进了课堂。这一堂是作文，他老先生拿起粉笔在黑板上写了两个字，题目尚未写完，当然照例要吸溜一下鼻涕，就在这吸溜之际，一位性急的同学发问了："这题目怎样讲呀？"老先生转过身来，冷笑两声，勃然大怒："题目还没有写完，写完了当然还要讲，没写完你为什么就要问？……"滔滔不绝地吼叫起来，大家都为之愕然。这时候我可按捺不住了。我一向是个上午捣乱下午安分的学生，我觉得现在受了无理的侮辱，我便挺身分辩了几句。这一下我可惹了祸，老先生把他的怒火都泼在我的头上了。他在讲台上来回踱着，吸溜一下鼻涕，骂我一句，足足骂了我一个钟头，其中警句甚多，我至今还记得这样的一句：

"×××！你是什么东西？我一眼把你望到底！"

这一句颇为同学们所传诵。谁和我有点争论遇到纠缠不清的时候，都会引用这一句"你是什么东西？我把你一眼望到底"。当时我看形势不妙，也就没有再多说，让下课铃结束了先生的怒骂。

但是从这一次起，徐先生算是认识我了。酒醒之后，他给我批改作文特别详尽。批改之不足，还特别地当面加以解释，我这一个"一眼望到底"的学生，居然成为一个受益最多的学生了。

徐先生自己选辑教材，有古文，有白话，油印分发给大家。《林琴南致蔡孑民书》是他讲得最为眉飞色舞的一篇。此外如吴敬恒的《上下古今谈》，梁启超的《欧游心影录》，以及张东荪的《时事新报》社论，他也选了不少。这样新旧兼收的教材，在当时还是很难得的开通的榜样。我对于语文的兴趣因此而提高了不少。徐先生讲图文之前，先要介绍作者，而且介绍得很亲切，例如他讲张东荪的文字时，便说："张东荪这个人，我倒和他一桌吃过饭……"这样的话是相当地可以使学生们吃惊的，吃惊的是，我们的语文先生也许不是一个平凡的人吧，否则怎样会能够和张东荪一桌上吃过饭！

徐先生于介绍作者之后，朗诵全文一遍。这一遍朗诵可很有意思。他打着江北的官腔，咬牙切齿地大声读一遍，不论是古文或白话，一字不苟地吟咏一番，好像是演员在背台词，他把文字里的蕴藏着的意义好像都给宣泄出来了。他念得有腔有调，有板有眼，有情感，有气势，有抑扬顿挫，我们听了之后，好像是已经理会到原文的意义的一半了。好文章掷地作金石声，那也许是过分夸张，但必须可以朗朗上口，那却是真的。

　　徐先生之最独到的地方是改作文。普通的批语"清通""尚可""气盛言宜"，他是不用的。他最擅长的是用大墨杠子大勾大抹，一行一行地抹，整页整页地勾。洋洋千余言的文章，经他勾抹之后，所余无几了。我初次经此打击，很灰心，很觉得气短，我掏心挖肝地好容易诌出来的句子，轻轻地被他几杠子就给抹了。但是他郑重地给我解释一会儿，他说："你拿了去细细地体味，你的原文是软趴趴的，冗长，懒啦咣唧的，我给你勾掉了一大半，你再读读看，原来的意思并没有失，但是笔笔都立起来了，虎虎有生气了。"我仔细一揣摩，果然。他的大墨杠子打的是地方，把虚泡囊肿的地方全削去了，剩下的全是筋骨。在这删削之间见出他的功夫。如果我以后写文章还能不多说废话，还能有一点点硬朗挺拔之气，还知道一点"割爱"的道理，就不能不归功于我这位老师的教诲。

　　徐先生教我许多作文的技巧。他告诉我："做文忌用过多的虚字。"该转的地方，硬转；该接的地方，硬接。文章便显着朴拙而有力。他告诉我，文章的起笔最难，要突兀矫健，要开门见山，要一针见血，才能引人入胜，不必兜圈子，不必说套语。他又告诉我，说理说至难解难分处，来一个譬喻，则一切纠缠不清的论难都迎刃而解了，何等经济，何等手腕！诸如此类的心得，他传授我不少，我至今受用。

我离开先生已将近五十年了，未曾与先生一通音讯，不知他云游何处，听说他已早归道山了。同学们偶尔还谈起"徐老虎"，我于回忆他的音容之余，不禁地还怀着怅惘敬慕之意。

记梁任公先生的一次演讲

　　梁任公先生晚年不谈政治，专心学术。大约在一九二一年左右，清华学校请他做第一次的演讲，题目是《中国韵文里表现的情感》。我很幸运地有机会听到这一篇动人的演讲。那时候的青年学子，对梁任公先生怀着无限的景仰，倒不是因为他是戊戌政变的主角，也不是因为他是云南起义的策划者，实在是因为他的学术文章对于青年确有启迪领导的作用。过去也有不少显宦，以及叱咤风云的人物，莅校讲话，但是他们没有能留下深刻的印象。

　　任公先生的这一篇演讲稿，后来收在《饮冰室文集》里。他的演讲是预先写好的，整整齐齐地写在宽大的宣纸制的稿纸上面，他的书法很是秀丽，用浓墨写在宣纸上，十分美观。但是读他这篇文章和听他这篇演讲，那趣味相差很多，犹之乎读剧本与看戏之迥乎不同。

我记得清清楚楚，在一个风和日丽的下午，高等科楼上大教堂里坐满了听众，随后走进了一位短小精悍、秃头顶宽下巴的人物，穿着肥大的长袍，步履稳健，风神潇洒，左右顾盼，光芒四射，这就是梁任公先生。

他走上讲台，打开他的讲稿，眼光向下面一扫，然后是他的极简短的开场白，一共只有两句，头一句是："启超没有什么学问——"眼睛向上一翻，轻轻点一下头，"可是也有一点喽！"这样谦逊同时又这样自负的话是很难得听到的。他的广东官话是很够标准的，距离普通话甚远，但是他的声音沉着而有力，有时又是洪亮而激亢，所以我们还是能听懂他的每一字，我们甚至想如果他说标准普通话其效果可能反要差一些。

我记得他开头讲一首古诗《箜篌引》：

　　公无渡河。公竟渡河！
　　渡河而死，其奈公何！

这四句十六字，经他一朗诵，再经他一解释，活画出一出悲剧，其中有起承转合，有情节，有背景，有人物，有情感。我在听先生这篇演讲后约二十余年，偶然获得机缘在茅津渡候船渡河。但见黄沙弥漫，黄流滚滚，景象苍茫，不禁哀从中来，顿时忆起先生讲的这首古诗。

先生博闻强记，在笔写的讲稿之外，随时引证许多作品，大部分他都能背诵得出。有时候，他背诵到酣畅处，忽然记不起下文，他便用手指敲打他的秃头，敲几下之后，记忆力便又畅通，成本大套地背诵下去了。他敲头的时候，我们屏息以待，他记起来的时候，我们也跟着他欢喜。

先生的演讲，到紧张处，便成为表演。他真是手之舞之足之蹈之，有时掩面，有时顿足，有时狂笑，有时叹息。听他讲到他最喜爱的《桃花扇》，讲到"高皇帝，在九天，不管……"那一段，他悲从中来，竟痛哭流涕而不能自已。他掏出手巾拭泪，听讲的人不知有几多也泪下沾巾了！又听他讲杜氏讲到"剑外忽传收蓟北，初闻涕泪满衣裳……"，先生又真是于涕泗交流之中张口大笑了。

这一篇演讲分三次讲完，每次讲过，先生大汗淋漓，状极愉快。听过这演讲的人，除了当时所受的感动之外，不少人从此对于中国文学发生了强烈的爱好。先生尝自谓"笔锋常带

情感"，其实先生在言谈演讲之中所带的情感不知要更强烈多
少倍！

　　有学问、有文采、有热心肠的学者，求之当世能有几人？
于是我想起了从前的一段经历，笔而记之。

4

第 4 章

寂寞
是一种清福

在这寂寞中我意识到了我自己的存在——片
刻的孤立的存在。这种境界并不太易得，与环境
有关，但更与心境有关。

寂 寞

寂寞是一种清福。我在小小的书斋里，焚起一炉香，袅袅的一缕烟线笔直地上升，一直戳到顶棚，好像屋里的空气是绝对的静止，我的呼吸都没有搅动出一点波澜似的。我独自暗暗地望着那条烟线发怔。屋外庭院中的紫丁香树还带着不少嫣红焦黄的叶子，枯叶乱枝时的声响可以很清晰地听到，先是一小声清脆的折断声，然后是撞击着枝丫的磕碰声，最后是落到空阶上的拍打声。这时节，我感到了寂寞。在这寂寞中我意识到了我自己的存在——片刻的孤立的存在。这种境界并不太易得，与环境有关，但更与心境有关。寂寞不一定要到深山大泽里去寻求，只要内心清净，随便在市廛①里、陋巷里，都可以感受到一种空灵悠逸的境界，所谓"心远地自偏"是也。在这种境界中，我们可以在想象中翱翔，跳出尘世的渣滓，与古人游。所以我说，寂寞是一种清福。

在礼拜堂里我也有过同样的经验。在伟大庄严的教堂里，从彩色玻璃透进一股不很明亮的光线，沉重的琴声好像是把人的心都洗淘了一番似的，我感觉到了我自己的渺小。这渺小的感觉便是我意识到自己存在的明证。因为平常连这一点点渺小之感都不会有的！

我的朋友萧丽先生卜居在广济寺里，据他告诉我，在最近一个夜晚，月光皎洁，天空如洗，他独自踱出僧房，立在大雄宝殿前的石阶上，翘首四望，月色是那样的晶明，翁郁的树是那样的静止，寺院是那样的肃穆，他忽然顿有所悟，悟到永恒，悟到自我的渺小，悟到四大皆空的境界。我相信一个人常有这样的经验，他的胸襟自然豁达辽阔。

但是寂寞的清福是不容易长久享受的，它只是一瞬间的存在。世间有太多的东西不时地提醒我们，提醒我们一件煞风景

---

① 市廛（chán）：店铺集中的市区。

的事实：我们的两只脚是踏在地上的呀！一只苍蝇撞在玻璃窗上挣扎不出，一声"老爷太太可怜可怜我这个瞎子吧"，都可以使我们从寂寞中间一头栽出去，栽到苦恼烦躁的旋涡里去。至于"催租吏"一类的东西打上门来，或是"石壕吏"之类的东西半夜捉人，其足以使人败兴生气，就更不待言了。这还是外界的感触，如果自己的内心先六根不净，随时都意马心猿，则虽处在最寂寞的境地里，他也是慌成一片，忙成一团，六神无主，暴跳如雷，他永远不得享受寂寞的清福。

　　如此说来，所谓寂寞不即是一种唯心论、一种逃避现实的现象吗？也可以说是。一个高蹈隐遁的人，在从前的社会里还可以存在，而且还颇受人敬重，在现在的社会里是绝对的不可能。现在似乎只有两种类型的人了，一是在现实的泥溷^①中打转的人，一是偶而（尔）也从泥溷中昂起头来喘几口气的人。寂寞便是供人喘息的几口清新空气。喘过几口气之后还得耐心地低头钻进泥溷里去。所以我对于能够昂首物外的举动并不愿再多苛责。逃避现实，如果现实真能逃避，吾癙寐以求之！

　　有过静坐经验的人该知道，最初努力把握着自己的心，叫

---

① 泥溷（hùn）：肮脏浑浊的泥土。

它什么也不想，那是多么困难的事！那是强迫自己入于寂寞的手段，所谓参禅入定全属于此类。我所赞美的寂寞，稍异于是。我所谓的寂寞，是随缘偶得，无须强求，一霎间的妙悟也不嫌短，失掉了也不必怅惘。但凡我有一刻寂寞时，我要好好地享受它。

快　乐

　　天下最快乐的事大概莫过于做皇帝。"首出庶物，万国咸宁。"至不济可以生杀予夺，为所欲为。至于后宫粉黛三千，御膳八珍罗列，更是不在话下。清乾隆皇帝，"称八旬之觞，镌十全之宝"，三下江南，附庸风雅。那副志得意满的神情，真是不能不令人兴起"大丈夫当如是也"的感喟。

　　在穷措大眼里，九五之尊，乐不可支。但是试起古今中外的皇帝于地下，问他们一生中是否全是快乐，答案恐怕相当复杂。西班牙国王拉曼三世说过这么一段话：

　　　　我于胜利与和平之中统治全国约五十年，为臣民所爱戴，为敌人所畏惧，为盟友所尊敬。财富与

荣誉，权力与享受，呼之即来，人世间的福祉，从

不缺乏。在这情形之中，我曾勤加计算，我一生中

纯粹的真正幸福日子，总共仅有十四天。

御宇五十年，仅得十四天真正幸福日子。我相信他的话，宸谟睿略，日理万机，很可能不如闲云野鹤之怡然自得。于此我又想起从一本英语教科书上读到一篇寓言。题目是《一个快乐人的衬衫》。某国王，端居大内，抑郁寡欢，虽极耳目声色之娱，而王终不乐。左右纷纷献计，有一位大臣言道：如果在国内找到一位快乐的人，把他的衬衫脱下来，给国王穿上，国王就会快乐。王韪其言，于是使者四出寻找快乐的人，访遍了朝廷显要，朱门豪家，人人都有心事，家家都有一本难念的经，都不快乐。最后找到一位农夫，他耕罢在树下乘凉，裸着上身，大汗淋漓。使者问他："你快乐么？"农夫说："我自食其力，无忧无虑，快乐极了！"使者大喜，便索取他的衬衣。农夫说："哎呀！我没有衬衣。"这位农夫颇似我们的禅门之"一丝不挂"。

常言道，"境由心生"，又说"心本无生因境有"。总之，快乐是一种心理状态。内心湛然，则无往而不乐。吃饭睡觉，稀

松平常之事，但是其中大有道理。大珠《顿悟入道要门论》：
"有源律师来问：'和尚修道，还用功否？'大珠慧海禅师曰：
'用功。'曰：'如何用功？'师曰：'饥来吃饭，困来即眠。'
曰：'一切人总如是，同师用功否？'师曰：'不同。'曰：'何故
不同？'师曰：'他吃饭时不肯吃饭，百种须索，睡时不肯睡，
千般计较。所以不同也。'律师杜口。"可是修行到心无挂碍，
却不是容易事。我认识一位唯心论的学者，平素直言不讳意志
自由，忽然被人绑架，系于暗室十有余日，备受凌辱，释出后
他对我说："意志自由固然不诬，但是如今我才知道身体自由更
为重要。"常听人说烦恼即菩提，我们凡人遇到烦恼只是深感烦
恼，不见菩提。快乐是在心里，不假外求，求即往往不得，转
为烦恼。叔本华的哲学是：苦痛乃积极的实在的东西，幸福快
乐乃消极的根本不存在的东西。所谓快乐幸福乃是解除苦痛之
谓。没有苦痛便是幸福。再进一步看，没有苦痛在先，便没有
幸福在后。梁任公先生曾说："人生最快乐的事，莫过于看着一
件工作的完成。"在工作过程之中，有苦恼也有快乐，等到大功
告成，那一份"如愿以偿"的快乐便是至高无上的幸福了。

　　有时候，只要把心胸敞开，快乐也会逼人而来。这个世
界，这个人生，有其丑恶的一面，也有其光明的一面。良辰美

景，赏心乐事，随处皆是。智者乐水，仁者乐山。雨有雨的趣，晴有晴的妙，小鸟跳跃啄食，猫狗饱食酣睡，哪一样不令人看了觉得快乐？就是在路上，在商店里，在机关里，偶尔遇到一张笑容可掬的脸，能不令人快乐半天？有一回我住进医院里，僵卧了十几天，病愈出院，刚迈出大门，陡见日丽中天，阳光普照，照得我睁不开眼，又见市廛熙攘，光怪陆离，我不由得从心里欢叫起来："好一个艳丽盛装的世界！"

"幸遇三杯酒好，况逢一朵花新。"我们应该快乐。

悲　观

悲观不是消极。所以自杀的人不是悲观，悲观主义者反对自杀。

悲观是从坏的一方面来观察一切事物，从坏的一方面着眼的意思。悲观主义者无时不料想事物的恶化，唯其如此，所以他最积极地生活，换言之，最不为虚幻的希望所误引入歧途，最努力地设法来对付这丑恶的现实。

叔本华说，幸福即是痛苦的避免。所谓痛苦是实在的，而幸福则是根本不存在的。痛苦不存在时之状态，无以名之，名之曰幸福。是故人生之目标，不在幸福之追求，而在痛苦之避免。人生即是一串痛苦所构成。能避免一分的苦痛，即是一分的幸福。故悲观主义者待人接物，步步为营，不求有功，但求无过。这是悲观主义的真谛。

从坏处着想，大概可以十猜十中，百猜百中；从好处着想，往往一次一失望，十次十失望。所以乐观者天真可爱，而禁不住现实的接触，一接触就水泡一般地破灭。悲观者似乎未免自苦，而在现实中却能安身立命。所以自杀者是乐观的人，幸福者倒是悲观的人。

男 人

　　男人令人首先感到的印象是脏！当然，男人当中亦不乏刷洗干净，洁身自好的，甚至还有油头粉面，衣裳楚楚的，但大体讲来，男人消耗肥皂和水的数量要比较少些。某一男校，对于学生洗澡是强迫的，入浴签名，每周计核，对于不曾入浴的初步惩罚是宣布姓名，最后的断然处置是定期强迫入浴，并派员监视，然而日久玩生，签名簿中尚不无浮冒情事。有些男人，西装裤尽管挺直，他的耳后脖根，土壤肥沃，常常宜于种麦！袜子、手绢不知随时洗涤，常常日积月累，到处塞藏，等到无可使用时，再从那一堆污垢存货当中拣选比较干净的去应急。有些男人的手绢，拿出来硬像是土灰面制的百果糕，黑乎乎黏成一团，而且内容丰富。男人的一双脚，多半好像是天然

210

的具有泡菜、霉干菜再加糖蒜的味道，所谓"濯足万里流"是有道理的，小小的一盆水确是无济于事，然而多少男人却连这一盆水都吝而不用，怕伤元气。两脚既然如此之脏，偏偏有些"逐臭之夫"喜于脚上藏垢纳污之处往复挖掘，然后嗅其手指，引以为乐！多少男人洗脸都是专洗本部，边疆一概不理，洗脸完毕，手背可以不湿，有的男人是在结婚后才开始刷牙。"扪虱而谈"的是男人。还有更甚于此者，曾有人当众搔背，结果是从袖口里面摔出一只老鼠！除了不可挽救的脏相之外，男人的脏大概是由于懒。

对了！男人懒。他可以懒洋洋坐在旋椅上，五官四肢，连同他的脑筋（假如有），一概停止活动，像呆鸟一般："不闻夫博弈者乎⋯⋯"那段话是专对男人说的。他若是上街买东西，很少时候能令他的妻子满意，他总是不肯多问几家，怕跑腿，怕费话，怕讲价钱。什么事他都嫌麻烦，除了指使别人替他做的事之外，他像残疾人一样，对于什么事都愿坐享其成，而名之曰"室家之乐"。他提前养老，至少提前三二十年。

紧毗连着"懒"的是"馋"。男人大概有好胃口的居多。他的嘴，用在吃的方面的时候多，他吃饭时总要在菜碟里发现至少一英寸见方半英寸厚的肉，才能算是没有吃素。几天不见肉，他就喊："嘴里要淡出鸟儿来！"若真个三月不知肉味，怕不要淡出毒蛇、猛兽来！有一个人半年没有吃鸡，看见了鸡毛帚就流涎三尺。一餐盛馔之后，他的人生观都能改变，对于什么都乐观起来。一个男人在吃一顿好饭的时候，他脸上的表情硬是在感谢上天待人不薄；他饭后衔着一根牙签，红光满面，硬是觉得可以骄人。主中馈的是女人，修食谱的是男人。

男人多半自私。他的人生观中有一基本认识，即宇宙一切均是为了他的舒适而安排下来的。除了在做事赚钱的时候不得不忍气吞声地向人奴膝婢颜外，他总是要做出一副老爷相。他的家便是他的国度，他在家里称王。他除了为赚钱而吃苦努力外，他是一个"伊比鸠派"，他要享受。他高兴的时候，孩子可以骑在他的颈上，他引颈受骑，他可以像狗似的满地爬；他不高兴时，他看着谁都不顺眼，在外面受了闷气，回到家里来加倍地发作。他不知道女人的苦处。女人对于他的殷勤委曲，在他看来，就如同犬守户、鸡司晨一样的稀松平常，都是自然现象。他说他爱女人，其实他不是爱，是享受女人。他不问他给了别人多少，但是他要在别人身上尽量榨取。他觉得他对女人最大的恩惠，便是把赚来的钱全部或一部拿回家来，但是当他把一卷卷的钞票从衣袋里掏出来的时候，他的脸上的表情是骄傲的成分多，亲爱的成分少，好像是在说："看我！你行吗？我这样待你，你多幸运！"他若是感觉到这家不复是他的乐园，他便有多样的借口不回到家里来。他到处云游，他另辟乐园。他有聚餐会，他有酒会，他有桥会，他有书会、画会、棋会，他有夜会，最不济的还有个茶馆。他的享乐的方法太多。假如轮回之说不假，下世侥幸依然投胎为人，很少男人情愿下世做女人的。他总觉得这一世生为男身，而享受未足，下一世要继续努力。

"群居终日，言不及义"，原是人的通病，但是言谈的内容，却男女有别。女人谈的往往是"我们家的小妹又病了""你们家每月开销多少"之类；男人的是另一套，普遍的方式，男人的谈话，最后不谈到女人身上便不会散场。这一个题目对男人最有兴味。如果有一个桃色案他们唯恐其和解得太快。他们好议论人家的隐私，好批评别人的妻子的性格、相貌。"长舌男"是到处有的，不知为什么这名词尚不甚流行。

暴发户

暴发户，外国也有，叫作"parvenu"或"nouveau riche"，意为新贵、新富。这一种人，有鲜明的特征，在人群中自成一格，令人一眼就可以辨认出来。旧戏里有一个小丑曾说过这样的一句话："树小墙新画不古，此人必是内务府。"挖苦暴发户，入木三分。

内务府是前清的一个衙门，掌管大内的财务出纳，以及祭礼、宴飨、膳馐、衣服、赐予、刑法、工作、教习，职务繁杂，组织庞大，下分七司三院，其长官名为总理大臣。凡能厕身其间者，无不被人艳羡，视为肥缺。"三年清知府，十万雪花银"，何况是给皇帝老儿办总务？经手三分肥，内务府当差的几乎个个暴发。

人在暴发之后，第一桩事多半是求田问舍。锯木头，盖房子，叱咤立办；山节藻棁，玉砌雕栏，亦非难致。唯独想在庭院之中立即拥有三槐五柳，婆娑掩映于朱门绣户之间，则非人力财力所能立即实现。十年树木，还是保守的说法，十年过后，也许几株龙柏可以不再需要木架扶持，也许那些七杈八杈韵味毫无的尤加利猛蹿三两丈高，时间没有成熟之前，房子尽管富丽堂皇，堂前也只好放四盆石榴树，几棵夹竹桃，南墙脚摆几盆秋海棠。树，如果有，一定是小的。新盖的房子，墙也一定是新的，丹、青、赭、垩，光艳照人，还没来得及风雨剥蚀，还没来得及接受行人题名、顽童刻画、野狗遗溺。此之谓树小墙新。

暴发户对于室内装潢是相当考究的。进得门来，迎面少不得一个特大号的红地洒金的福字斗方，是倒挂着的，表示福到了。如果一排五个斗方当然更好，那是五福临门。室内灯饰，不比寻常。通常是八盏粗制滥造的仿古宫灯，因为楠木框花毛玻璃已不可得，象牙饰丝线穗更不必说。此外，墙上、柱上、梁上、天花板上，还有无数的大大小小的电灯，甚至还有一串串的跑灯、霓虹灯，略似电视综艺节目之豪华场面。墙上也许还挂起一两幅政要亲笔题款的玉照，主人借以对客指点曰："某

215

公厚我，某公厚我。"但是墙上没有画是不行的，乃斥巨资定绘牡丹图，牡丹是五色的，象征五福临门，未放的花苞要多，象征多子多孙，题曰"富贵满堂"。如果这一幅还不够，可再加一幅猫蝶图，或是一幅"鹤鹿同春"，鹤要红顶，鹿要梅花。总之是画不古，顶多也许有一张仇十洲的仕女或是郑板桥的墨竹，好像稍微为古一点点，但是谁愿说穿是真迹还是赝品？

新屋落成而不宴宾客，那简直是衣锦夜行。于是詹吉折简，大张盛筵，席开三桌，座位次序都经过审慎的考虑安排，中间一桌是政界，大小首长；右边一桌是商界，公司大亨；左边一桌只能算是"各界"，非官非商的一些闲杂人等。整套的银器出笼，也许是镀银，光亮耀眼，大型的器皿都是下有保温的热水屉，上有覆罩的碗盖。如果是鸡鸭，碗盖雕塑成鸡鸭形；如果是鱼，则成鱼形。碗足上、筷子上都刻有题字曰"某某自置"。一旁伺候的男女用人，全穿制服，白布长衫旗袍，领口、袖口、下摆还绲着红边。至于席上的珍馐，则穀觫重叠，燔炙满案。客人连声夸好，主人则忙不迭地说："家常便饭，不成敬意。"

饭前饭后少不得要引导宾客参观新居，这是宴客的主要项目。先从客厅看起，长廊广庑，敞豁有容，中间是一块大地

216

毯，主人说明是波斯制品，可是很明显的图案不像。几套皮垫大沙发之外，有一套远看像是楠木雕花长案、小几、太师椅之类的古老家具。长案之上有百古架、玉如意、百鹿尊、金钟、玉磬，挤得密密匝匝。小几前面居然还有蓝花白瓷的痰盂。旁边可能有一大箱热带鱼，另一边可能有大型立体音响。至于电视机，那就一定不止一台了。寝室里四壁至少有两面全是镜子，花灯照耀之下，有如置身水晶宫中。高广大床，锦帱绣帐，松软的弹簧床垫像是一大块天使蛋糕。浴缸则像是小型游泳池。书房也有一间，几净窗明，文房四宝罗列井然。书柜里有廿五史、百科全书，以及六法全书，一律布面烫金，金光熠熠。后院有温室一间，里面挂着几盆刚开败了的洋兰。众宾客参观完毕，啧啧称赞，可是其中也有一位冷冷地低声地说："这全是等闲之功！"人问其语出何典，他说："不记得《水浒传》王婆贪贿说风情，有所谓五字诀吗？"众皆粲然，主人也似懂非懂地跟着大家哈哈哈。

主人在仰着头打哈哈的时候，脖梗子上明显地露出三道厚厚的肥肉折叠起来的沟痕。大腹便便，虽不至"垂腴尺余"，也够瞧老大半天。"乐然后笑"，心里欢畅，自然就面团团，不时地辗然而笑。常言道："人无横财不富，马无夜草不肥。"横财

217

自何处来？没有人事前知道，只能说是逼人而来，说得玄虚一点便是自来处来。不过事后分析，也可找出一些蛛丝马迹，不会没有因缘。大抵其人投机冒险，而又遭逢时会，遂令竖子暴发。"君子之泽，五世而斩。"暴发户呢？其兴也暴，很可能"眼看他起高楼，眼看他宴宾客，眼看他楼塌了"！

谈友谊

朋友居五伦之末，其实朋友是极重要的一伦。所谓友谊实即人与人之间的一种良好的关系，其中包括了解、欣赏、信任、容忍、牺牲……诸多美德。

如果以友谊作基础，则其他的各种关系如父子夫妇兄弟之类均可圆满地建立起来。当然父子兄弟是无可选择的永久关系，夫妇虽有选择余地，但一经结合便以不再仳离为原则，而朋友则是有聚有散，可合可分的。

不过，说穿了，父子夫妇兄弟都是朋友关系，不过形式性质稍有不同罢了。严格地讲，凡是充分具备一个好朋友的人，他一定也是一个好父亲、好儿子、好丈夫、好妻子、好哥哥、好弟弟。反过来亦然。

我们的古圣先贤对于交友一端是甚为注重的。《论语》里面关于交友的话很多。在西方亦是如此。罗马的西塞罗有一篇著名的《论友谊》。法国的蒙田、英国的培根、美国的爱默生，都有论友谊的文章。

我觉得近代的作家在这个题目上似乎不大肯费笔墨了。这是不是叔季之世友谊没落的象征呢？我不敢说。

古之所谓"刎颈交"，陈义过高，非常人所能企及。就是把友谊的标准降低一些，真正能称得起朋友的还是很难得。

试想一想，如有银钱经手的事，你信得过的朋友能有几人？在你蹭蹬失意或疾病患难之中还肯登门拜访乃至雪中送炭的朋友又有几人？

你出门在外之际对于你的妻室弱媳肯加照顾而又不照顾得太多者又有几人？再退一步，平素投桃报李，莫逆于心，能维持长久于不坠者，又有几人？

总角之交，如无特别利害关系以为维系，恐怕很难在若干年后不变成为路人。富兰克林说："有三个朋友是最忠实可靠的——老妻、老狗和现款。"妙的是这三个朋友都不是朋友。

倒是亚里士多德的一句话最干脆："我的朋友们啊！世界上根本没有朋友。"这句话近于愤世嫉俗，事实上世界上还是有朋

220

友的，不过虽然无需打着灯笼去找，却是像沙里淘金而且还需要长时间地洗练。一旦真铸成了友谊，便会金石同坚，永不退转。

大抵物以类聚，人以群分。臭味相投，方能永以为好。交朋友也讲究门当户对，纵不像九品中正那么严格，也自然有个界线。"同学少年多不贱，五陵裘马自轻肥"，于"自轻肥"之余还能对着往日的旧游而不把眼睛移到眉毛上边去么？

汉光武容许严子陵把他的大腿压在自己的肚子上，固然是雅量可风，但是严子陵之毅然决然地归隐于富春山，则尤为知趣。

朱洪武写信给他的一位朋友说："朱元璋做了皇帝，朱元璋还是朱元璋……"话自管说得很漂亮，看看他后来之诛戮功臣，也就不免令人心悸。人的身心构造原是一样的，但是一入宦途，可能发生突变。

孔子说，无友不如己者。我想一来只是指品学而言，二来只是说不要结交比自己坏的，并没有说一定要我们去高攀。友谊需要两造，假如双方都想结交比自己好的，那就永远交不起来。

好像是王尔德说过，"一个男人与一个女人之间是不可能有友谊存在的。"就一般而论，这话是对的，因为如有深厚的友谊，那友谊容易变质，如果不是心心相印，那又算不得是友谊。

过犹不及，那分际是很难把握的。忘年交倒是可能的。祢衡年未二十，孔融年已五十，便相交友，这样的例子史不绝书。

但似乎以同性为限。并且以我所知，忘年交之形成固有赖于兴趣之相近与互相之器赏，但年长的一方面多少需要保持一点童心，年幼的一方面多少需要显着几分老成。

老气横秋则令人望而生畏，轻薄儇佻则人且避之若浼。单身的人容易交朋友，因为他的情感无所寄托，漂泊流离之中最需要一个一倾积愫的对象，可是等他有红袖添香、稚子候门的时候，心境就不同了。

"君子之交淡若水"，因为淡所以不腻，才能持久。"与朋友交，久而敬之。"敬就是保持距离，也就是防止过分的亲昵。

不过"狎而敬之"是很难的。最要注意的是，友谊不可透支，总要保留几分。马克·吐温说："神圣的友谊之情，其性质是如此的甜蜜、稳定、忠实、持久。可以终生不渝，如果不开口向你借钱。"这真是慨而言之。

朋友本有通财之谊，但这是何等微妙的一件事！世上最难忘的事是借出去的钱，一般人认为最倒霉的事又莫过于还钱。

一牵涉钱，恩怨便很难清算得清楚，多少成长中的友谊都被这阿堵物①所戕害！

规劝乃是朋友中间应有之义，但是谈何容易。名利场中，沆瀣一气，自己都难以明辨是非，哪有余力规劝别人？

而在对方则又良药苦口，忠言逆耳，谁又愿意别人批他的逆鳞？规劝不可当着第三者的面前行之，以免伤他的颜面；不可在他情绪不宁时行之，以免逢彼之怒。

孔子说："忠告而善道之，不可则止。"我总以为劝善规过是友谊的消极的作用。友谊之乐是积极的。只有神仙和野兽才喜欢孤独，人是要朋友的。"假如一个人独自升天，看见宇宙的大观，群星的美丽，他并不能感到快乐，他必要找到一个人向他述说他所见的奇景，他才能快乐。"

共享快乐，比共受患难，应该是更正常的友谊中的趣味。

_____

① 阿堵物：钱的别称。

223

排　队

"民权初步"讲的是一般开会的法则，如果有人撰一续编，应该是讲排队。

如果你起个大早，赶到邮局烧头炷香，柜台前即使只有你一个人，你也休想能从容办事，因为柜台里面的先生、小姐忙着开柜子、取邮票文件、调整邮戳，这时候就有顾客陆续进来，说不定一位站在你左边，一位站在你右边，也许是衣冠楚楚的，也许是破衣邋遢的，总之是会把你夹在中间。夹在中间的人未必有优先权，所以，三个人就挤得很紧，胳膊粗、个子大、脚跟稳的占便宜。夹在中间的人也未必轮到第二名，因为说不定又有人附在你的背上，像长臂猿似的伸出一只胳膊，越过你的头部拿着钱要买邮票。人越聚越多，最后像是橄榄球赛似的挤成一团，你想钻出来也不容易。

三人曰众，古有明训。所以三个人聚在一起就要挤成一堆。排队是洋玩意儿，我们所谓"鱼贯而行"都是在极不得已的情形之下所做的动作。《晋书·范汪传》："玄冬之月，沔汉干涸，皆当鱼贯而行，推排而进。"水不干涸谁肯循序而进，虽然鱼贯，仍不免于推排。我小时候，在北平有过一段经验，过年父亲常带我逛厂甸，进入海王村，里面有旧书铺、古玩铺、玉器摊，以及临时搭起的几个茶座儿。我父亲如入宝山，图书、古董都是他所爱好的，盘旋许久，乐此不疲，可是人潮汹涌，越聚越多。等到我们兴尽欲返的时候，大门口已经壅塞了。门口只有一个，进也是它，出也是它，而且谁也不理会应靠左边行，于是大门变成瓶颈，人人自由行动，卡成一团。也有不少人故意起哄，哪里人多往哪里挤，因为里面有的是大姑娘、小媳妇。父亲手里抱了好几包书，顾不了我。为了免于被人践踏，我由一位身材高大的警察抱着挤了出来。我从此没再去过厂甸，直到我自己长大有资格抱着我自己的孩子冲出杀进。

中国地方大，按说用不着挤，可是挤也有挤的趣味。逛隆福寺、护国寺，若是冷清清的凄凄惨惨戚戚，那多没有味儿！不过时代变了，人几乎天天到处要像是逛庙赶集。长年挤下去实在受不了，于是排队这洋玩意儿应运而兴。奇怪的是，这洋玩意儿兴了这么多年，至今还没有蔚成风气。长一辈的人在人多的地方横冲直撞，孩子们当然认为这是生存技能之一。学校不能负起教导的责任，因为教师就有许多是不守秩序的好手。法律无排队之明文规定，警察管不了这么多。大家自由活动，也能活下去。

　　不要以为不守秩序、不排队是我们民族性，生活习惯是可以改的。抗战胜利后我回到北平，家人告诉我许多敌伪横行霸道的事迹，其中之一是在前门火车站票房前面常有一名日本警察手持竹鞭来回巡视，遇到不排队就抢先买票的人，就一声不响高高举起竹鞭"嗖"的一声着着实实地抽在他的背上。挨了一鞭之后，他一声不响地排在队尾了。前门车站的秩序从此改良许多。我对此事的感想很复杂。不排队的人是应该挨一鞭子，只是不应该由日本人来执行。拿着鞭子打我们的人，我真想抽他十鞭子！但是，我们自己人就没有人肯对不排队的人下那个毒手！好像是基于同胞爱，开始是劝，继而还是劝，不听劝也就算了，大家不伤和气。谁也不肯扬起鞭子去取缔，觍颜说是"于法无据"。一条街定为单行道、一个路口不准向左转，又何所据？法是人定的，要什么样的生活方式便应该有什么样的法。

洋人排队另有一套，他们是不拘什么地方都要排队。邮局、银行、剧院无论矣，就是到餐厅进膳，也常要排队听候指引——入座。人多了要排队，两三个人也要排队。有一次要吃比萨饼，看门口队伍很长，只好另觅食处。为了看古物展览，我参加过一次二千人左右的长龙，我到场的时候才有千把人，顺着龙头往下走，拐弯抹角，走了半天才找到龙尾，立定脚跟，不久回头一看，龙尾又不知伸展得何处去了。我仔细观察发现了一个秘密：洋人排队，浪费空间，他们排队占用一里，由我们来排队大概半里就足够。因为他们每个人与另一个人之间通常保持相当距离，没有肌肤之亲，也没有摩肩接踵之事。我们排队就亲热得多，紧迫盯人，唯恐脱节，前面人的胳膊肘会戳你的肋骨，后面人喷出的热气会轻拂你的脖颈。其缘故之一，大概是我们的人丁太旺而场地太窄。以我们的超级市场而论，实在不够超级，往往近于迷你，遇上八折的日子，付款处的长龙摆到货架里面去，行不得也。洋人的税捐处很会优待主顾，设备充分，偶然有七八个人排队，排得松松的，龙头走到柜台也有五步六步之遥。办起事来无左右受夹之烦，也无后顾催迫之感，从从容容，可以减少纳税人胸中许多戾气。

　　我们是礼仪之邦，君子无所争，从来没有鼓励人争先恐后之说。很多地方我们都讲究揖让，尤其是几个朋友走出门口的时候，常不免于拉拉扯扯礼让了半天，其实鱼贯而行也就够了。我不太明白为什么到了陌生人聚集在一起的时候，便不肯排队，而一定要奋不顾身。

　　我小时候只知道上兵操时才排队。曾路过大栅栏同仁堂，柜台占两间门面，顾客经常是里三层外三层挤得水泄不通，多半是仰慕同仁堂丸散膏丹的大名而来办货的乡巴佬。他们不知排队犹可说也。奈何数十年后，工业已经起飞，都市人还不懂得这生活方式中极为重要的一个项目？难道真需要那一条鞭子才行么？

废　话

　　常有客过访，我打开门，他第一句话便是："您没有出门？"我当然没有出门，如果出门，现在如何能为你启门？那岂非是活见鬼？他说这句话也不是表讶异。人在家中乃寻常事，何惊诧之有？如果他预料我不在家才来造访，则事必有因，发现我竟在家，更应该不露声色，我想他说这句话，只是脱口而出，没有经过大脑，犹如两人见面不免说一句"今天天气……"之类的话，聊胜于两个人都绷着脸一声不吭而已。没有多少意义的话就是废话。

　　人不能不说话，不过废话可以少说一点。十一世纪时罗马天主教会在法国有一派僧侣，专注苦修冥想，是圣·布鲁诺所创立，名为Carthusians，盖因地而得名，他的基本修行方法是不说话，一年到头地不说话。每年只有到了将近年终的时候，特准交谈一段时间，结束的时刻一到，尽管一句话尚未说完，大家立刻闭起嘴巴。明年开禁的时候，两人谈话的第一句往往是"我们上次谈到……"一年说一次话，其间准备的时光不少，废话一定不多。

梁武帝时，达摩大师在嵩山少林寺，终日面壁，九年之久，当然也不会随便开口说话，这种苦修的功夫实在难能可贵。明莲池大师《竹窗随笔》有云："世间醙醯醅醴，藏之弥久而弥美者，皆繇封锢牢密不泄气故。古人云：'二十年不开口说话，向后佛也奈何你不得。'旨哉言乎！"一说话就怕要泄气，可是这一口气憋二十年不泄，真也不易。监狱里的重犯，常被判处独居一室，使无说话机会，是一种惩罚。畜生没有语言文字，但是也会发出不同的鸣声表示不同的情意。人而不让他说话，到了寂寞难堪的时候真想自言自语，甚至说几句废话也是好的。

可是有说话自由的时候，还是少说废话为宜。"群居终日，言不及义，难矣哉！"那便是废话太多的意思。现代的人好像喜欢开会，一开会就不免有人"致辞"，而致辞者常常是长篇大论，直说得口燥舌干，也不管听者是否恹恹欲睡欠伸连连。

《孔子家语》："庙堂右阶之前，有金人焉，三缄其口，而铭其背曰：'古之慎言人也。'"能慎言，当然于慎言之外不会多说废话。三缄其口只是象征，若是真的三缄其口，怎么吃饭？串门子闲聊天，已不是现代社会所允许的事，因为大家都忙，实在无暇闲嗑牙。不过也有在闲聊的场合而还侈谈本行的正经事者，这种人也讨厌。最可怕的是不经预先约定而闯上门来的长舌妇或长舌男，他们可以把人家的私事当作座谈的资料。某人资产若干，月入多少，某人芳龄几何，美容几次，某人帷薄不修，某人似有外遇，说得津津有味，实则有伤口业的废话而已。

行文也最忌废话。《朱子语类》里有两段文字：

"欧公文，亦多是修改到妙处。顷有人买得他醉翁亭稿。初说滁州四面有山，凡数十字，末后改定，只曰：'环滁皆山也'五字而已。如寻常不经思虑，信意所作言语，亦有绝不成文理者，不知如何。"

"南丰过荆襄，后山携所作以谒之。南丰一见爱之，因留款语。适欲作一文字，事多，因托后山为之，且授以意。后山文思亦涩，穷日之力方成，仅

231

数百言，明日以呈南丰。南丰云：'大略也好，只是
冗字多，不知可为略删动否？'后山因请改窜。但
见南丰就座，取笔抹数处，每抹处连一两行，便以
授后山，凡削去一二百字。后山读之，则其意尤完，
因叹服，遂以为法，所以后山文字简洁如此。"

前一段说的是欧阳修的《醉翁亭记》。开端第一句"环滁皆
山也"，不说废话，开门见山，是从数十字中删汰而来。后一段
记的是陈后山为文数百言，由曾巩削去一二百个冗字，而文意
更为完整无瑕。凡为文者皆须知道文字须要简练，简言之，就
是少说废话。

骂人的艺术

古今中外没有一个不骂人的人。骂人就是有道德观念的意思，因为在骂人的时候，至少在骂人者自己总觉得那人有该骂的地方。何者该骂，何者不该骂，这个抉择的标准，是极道德的。所以根本不骂人，大可不必。骂人是一种发泄感情的方法，尤其是那一种怨怒的感情。想骂人的时候而不骂，时常在身体上弄出毛病，所以想骂人时，骂骂何妨。

但是，骂人是一种高深的学问，不是人人都可以随便试的。有因为骂人挨嘴巴的，有因为骂人吃官司的，有因为骂人反被人骂的，这都是不会骂人的缘故。今以研究所得，公诸同好，或可为骂人时之一助乎？

一、知己知彼

骂人是和动手打架一样的，你如果敢打人一拳，你先要自己忖度下，你吃得起别人的一拳否。这叫作知己知彼。骂人也是一样。譬如你骂他是"屈死"，你先要反省，自己和"屈死"有无分别。你骂别人荒唐，你自己想想曾否吃喝嫖赌。否则别人回敬你一二句，你就受不了。所以别人有着某种短处，而足下也正有同病，那么你在骂他的时候只得割爱。

二、无骂不如己者

要骂人须要挑比你大一点的人物，比你漂亮一点的或者比你坏得万倍而比你得势的人物。总之，你要骂人，那人无论在好的一方面或坏的一方面都要能胜过你，你才不吃亏的。你骂大人物，就怕他不理你，他一回骂，你就算骂着了。在坏的一方面胜过你的，你骂他就如教训一般，他即便回骂，一般人仍不会理会他的。假如你骂一个无关痛痒的人，你越骂他他越得意，时常可以把一个无名小卒骂出名了，你看冤与不冤？

三、适可而止

　　骂大人物骂到他回骂的时候，便不可再骂；再骂则一般人对你必无同情，以为你是无理取闹。骂小人物骂到他不能回骂的时候，便不可再骂；再骂下去则一般人对你也必无同情，以为你是欺负弱者。

四、旁敲侧击

　　他偷东西，你骂他是贼；他抢东西，你骂他是盗，这是笨伯。骂人必须先明虚实掩映之法，须要烘托旁衬，旁敲侧击，于要紧处只一语便得，所谓杀人于咽喉着刀。越要骂他你越要原谅他，即便说些恭维话亦不为过，这样的骂法才能显得你所骂的句句是真实确凿，让旁人看起来也可见得你的度量。

五、态度镇定

　　骂人最忌浮躁。一语不合，面红筋跳，暴躁如雷，此灌夫骂座、泼妇骂街之术，不足以骂人。善骂者必须态度镇静，行若无事。普通一般骂人，谁的声音高便算谁占理，谁来得势猛便算谁骂赢，唯真善骂人者，乃能避其锋而击其懈。你等他骂得疲倦的时候，你只消轻轻地回敬他一句，让他再狂吼一阵。在他暴躁不堪的时候，你不妨对他冷笑几声，包管你不费力气，把他气得死去活来，骂得他针针见血。

六、出言典雅

骂人要骂得微妙含蓄，你骂他一句要使他不甚觉得是骂，等到想过一遍才慢慢觉悟这句话不是好话，让他笑着的面孔由白而红，由红而紫，由紫而灰，这才是骂人的上乘。欲达到此种目的，深刻之用词故不可少，而典雅之言辞尤为重要。言词典雅则可使听者不致刺耳。如要骂人骂得典雅，则首先要在骂时万万别提起女人身上的某一部分，万万不要涉及生理学范围。骂人一骂到生理学范围以内，底下再有什么话都不好说了。譬如你骂某甲，千万别提起他的令堂令妹。因为那样一来，便无是非可言，并且你自己也不免有令堂令妹，他若回敬起来，岂非势均力敌、半斤八两？再者骂人的时候，最好不要加人以种种难堪的名词，称呼起来总要客气，即使他是极卑鄙的小人，你也不妨称他先生，越客气，越骂得有力量。骂的时节最好引用他自己的词句，这不但可以使他难堪，还可以减轻他对你骂的力量。俗话少用，因为俗话一览无遗，不若典雅古文曲折含蓄。

七、以退为进

两人对骂，而自己亦有理屈之处，则处于开骂伊始，特宜注意，最好是毅然将自己理屈之处完全承认下来，即使道歉认错均不妨事。先把自己理屈之处轻轻遮掩过去，然后你再重整旗鼓，咄咄逼人，方可无后顾之忧。即使自己没有理屈的地方，也绝不可自行夸张，务必要谦逊不遑，把自己的位置降到一个不可再降的位置，然后骂起人来，自有一种公正光明的态度。否则你骂他一两句，他便以你个人的事反唇相讥，一场对骂，会变成两人私下口角，是非曲直，无从判断。所以骂人者自己要低声下气，此所谓以退为进。

八、预设埋伏

你把这句话骂过去，你便要想想看，他将用什么话骂回来。有眼光的骂人者，便处处留神，或是先将他要骂你的话替他说出来，或是预先安设埋伏，令他骂回来的话失去效力。他骂你的话，你替他说出来，这便等于缴了他的械一般。预设埋伏，便是在他要攻击你的地方，你先轻轻地安下话根，然后他骂过来就等于枪弹打在沙包上，不能中伤。

九、小题大做

如对方有该骂之处，而题目身小，不值一骂，或你所知不多，不足一骂，那时节你便可用小题大做的方法，来扩大题目。先用诚恳而怀疑的态度引申对方的意思，由不紧要之点引到大题目上去，处处用严谨的逻辑逼他说出不逻辑的话来，或是逼他说出合乎逻辑但不合乎理的话来，然后你再大举骂他，骂到体无完肤为止，而原来惹动你的小题目，轻轻一提便了。

十、远交近攻

一个时候，只能骂一个人，或一种人，或一派人。绝不宜多树敌。所以骂人的时候，万勿连累旁人，即时必须牵涉多人，你也要表示好意，否则回骂之声纷至沓来，使你无从应付。

　　骂人的艺术，一时所能想起来的有上面十条，信手拈来，并无条理。我做此文的用意，是助人骂人。同时也是想把骂人的技术揭破一点，供爱骂人者参考。挨骂的人看看，骂人的心理原来是这样的，也算是揭破一张黑幕给你瞧瞧！

时间即生命

　　最令人触目惊心的一件事，是看着钟表上的秒针一下一下地移动，每移动一下就是表示我们的寿命已经缩短了一部分。再看看墙上挂着的可以一张张撕下的日历，每天撕下一张就是表示我们的寿命又缩短了一天。因为时间即生命。没有人不爱惜他的生命，但很少人珍视他的时间。如果想在有生之年做一点什么事，学一点什么学问，充实自己，帮助别人，使生命成为有意义，不虚此生，那么就不可浪费光阴。这道理人人都懂，可是很少人真能积极不懈地善为利用他的时间。

　　我自己就是浪费了很多时间的一个人。我不打麻将，我不经常地听戏看电影，几年中难得一次，我不长时间看电视，通常只看半个小时，我也不串门子闲聊天。有人问我："那么你大部分时间都做了些什么呢？"我痛自反省，我发现，除了职务上的必须及人情上所不能免的活动之外，我的时间大部分都浪费了。我应该集中精力，读我所未读过的书，我应该利用所有时间，写我所要写的东西，但是我没能这样做。我的好多的时间都糊里糊涂地混过去了，"少壮不努力，老大徒伤悲"。

例如我翻译莎士比亚，本来计划于课余之暇每年翻译两部，二十年即可完成，但是我用了三十年，主要的原因是懒。翻译之所以完成，主要的是因为活得相当长久，十分惊险。翻译完成之后，虽然仍有工作计划，但体力渐衰，有力不从心之感。假使年轻的时候鞭策自己，如今当有较好或较多的表现。然而悔之晚矣。

再例如，作为一个中国人，经书不可不读。我年过三十才知道读书自修的重要。我披阅，我圈点，但是恒心不足，时作时辍。五十以学易，可以无大过矣，我如今年过八十，还没有接触过《易经》，说来惭愧。史书也很重要。我出国留学的时候，我父亲买了一套同文石印的前四史，塞满了我的行箧的一半空间，我在外国混了几年之后又把前四史原封带回来了。直到四十年后才鼓起勇气读了"通鉴"一遍。现在我要读的书太多，深感时间有限。

　　无论做什么事，健康的身体是基本条件。我在学校读书的时候，有所谓"强迫运动"，我踢破过几双球鞋，打断过几只球拍。因此侥幸维持下来最低限度的体力。老来打过几年太极拳，目前则以散步活动筋骨而已。寄语年轻朋友，千万要持之以恒地从事运动，这不是嬉戏，不是浪费时间。健康的身体是做人做事的真正的本钱。

紧张与松弛

《世说新语》有这样一段：

> 过江诸人，每至美日，辄相邀新亭，藉卉饮宴。
> 周侯中坐而叹曰："风景不殊，正自有山河之异！"
> 皆相视流泪。唯王丞相愀然变色曰："当共戮力王室，
> 克复神州，何至作楚囚相对？"

我每读到这一段，辄有所感。

晋室东渡，乃是历史上一大变局。随着政府迁到建邺的人
很多，其中包括许多王公巨卿与名门缙绅，洛阳十室九空，中
原田地无主。那种狼狈情形，我们可以想见。国破家亡之事，

自古多有，而大规模的迁徙流动，在历史上究竟次数不多。

　　一个人处在动荡的境遇里，精神苦闷，最要紧的是保持心理健康，其方法之一是有时候要松弛。一味紧张是不行的。"西门豹性急，常佩韦以自缓；董安于性缓，常佩韦以自急。"身上带一根弦或一根皮绳，以收缓急调剂之功，法子虽笨，意思是对的。个人修养如此，担负国家大事亦然。过江诸人，包括当时的丞相王导在内，天气晴和的日子，相率到城南（今南京汉西门外）劳劳山上的新亭去皮克匿克一番，我觉得也无伤大雅。案牍劳形，偶尔宴游，亦可收调剂身心之效。犹之美国政要，周末度假，打高尔夫、钓鱼，未可厚非。江左诸公，虽在国难方殷之际，有此闲情逸致，亦不可视为丧心病狂。不过，如果游山喝道，那就大煞风景，至若广事铺张，点缀升平，那就近于无耻，不足为训了。

　　心中悲苦而强作欢颜，并不是一件容易事。提得起，放得下，那才是大丈夫。当年新亭之会，在座的那位周先生，并非等闲之辈，他就是周颢，字伯仁，官至尚书仆射，"有风流才气，少知名，正体嶷然，侪辈不敢媟也。"他虽然在浏览风景，而还是有他的心事在，所以才忽然兴叹，说出"风景不殊，正自有山河之异"的话。这句话说得真挚蕴藉，道出了伤心人的怀抱。那些相对唏嘘的人，也都是有心人也。"丈夫有泪不轻弹"，新亭泣泪不是轻洒的。他们是在怀念故国，他们不愿偏安，他们无意长久在那里做寓公。

王丞相的壮语是针对他们的哭泣而发的。如果他们不流泪，王丞相也不至于正颜厉色地说"戮力王室，克复神州"的冠冕堂皇的话。"戮力王室，克复神州"与在新亭藉卉饮宴并不冲突，在饮宴时哭泣倒是对于"戮力王室，克复神州"的事业毫无裨益的。

工作时工作，游戏时游戏，这乃是健全身心之道。因此在工作时要认真，不懈怠，不偷油，有奖赏的鼓励，有惩罚的制裁。游戏时也要认真，不欺骗，不随便，各随所好，各得其趣，这时节便不需要再把任何大道理插入其间。工作与游戏要分开，这一点道理好像在我们的传统文化里是没有的。小孩子的游戏，都要以陈列俎豆为能事，否则孟母不惜三迁。每饭不忘君的杜甫，漂泊西南，仍然"每依北斗望京华"。严肃是我们的文化的一个标识。所谓严肃，即是四维八德那一套大道理。殊不知人生除了这严肃的一面之外，还有轻松的一面，除了工作还要有游戏。任何想以一套大道理贯彻整个人生的企图，均是对人生并非完全有益的，亦且是不易成功的。

　　苦难的熬煎已使我们够紧张的了。有时候我们需要松弛一下，就让我们整个松弛一下，使神经获得休息以便迎接更多的苦难。

　　悲愤的心情不可没有，但只是悲愤也没有什么用。化悲愤为力量的不二法门即是在工作时认真努力。

　　气壮山河的话不是不可说，不要说多了变成口头禅。

懂得以游戏心态面对世事，

才算悟到了人间智慧。